Comme le fantôme d'un jazzman
dans la station Mir en déroute

Maurice G. Dantec

Comme le fantôme d'un jazzman dans la station Mir en déroute

ROMAN

Albin Michel

IL A ÉTÉ TIRÉ DE CET OUVRAGE

Vingt-cinq exemplaires
sur vélin bouffant des papeteries Salzer
dont quinze exemplaires numérotés de 1 *à* 15
et dix exemplaires, hors commerce, numérotés de I *à* X

It's one for the money...

Je suis entré dans le bureau de poste et j'ai dit :

– Bonjour m'sieurs dames ça sera pas long c'est un hold-up vous vous allongez par terre et vous comptez les grains de poussière.

Y avait pas foule dans la petite agence de quartier. Un couple de retraités et une matrone martiniquaise de ce côté-ci des guichets, et deux employés au teint photocopié sur la couleur des murs, de l'autre.

– TOUT LE MONDE PAR TERRE, j'ai gueulé, pour bien me faire comprendre. Vous, j'ai fait aux deux préposés, vous bougez un sourcil et je descends tout le monde de ce côté-là.

Ça s'est mis à gémir du côté des cartes vermeilles alors j'ai fait accélérer la cadence en agitant le Beretta et en gueulant encore un bon coup, puis je suis allé refermer à toute vitesse le verrou de la vieille porte d'entrée, toute pourrie, une véritable aubaine cette antique poste de quartier. On était cinq minutes avant l'heure de la fermeture, ils avaient pris un peu d'avance sur l'horaire les fonctionnaires PTT, c'est tout.

Je connaissais bien le topo des lieux, question sécurité c'était pas ça, même pas un œil-caméra dans un coin, j'ai balancé un gros coup de pompe dans la porte qui donnait derrière le comptoir, la serrure a carrément explosé et j'ai juste dit :

– Allez, tout le monde derrière.

Ils avaient l'air de visionner en direct une apparition d'extraterrestre, leurs yeux écarquillés s'ouvraient sur des gouffres insondables de terreur pure, je dois reconnaître que je ne peux pas leur en vouloir. Je tenais un gros Beretta M92, un engin noir, trapu et menaçant, et mes yeux étaient injectés de sang, ça faisait des jours que je ne dormais plus à cause du speed, cette meth d'enfer que j'avais rapportée d'Amsterdam.

Les deux retraités et la grosse Noire se sont relevés en soufflant et en gémissant alors j'ai gueulé je ne sais plus quoi pour leur faire se magner le train. En redonnant un coup de pompe dans la porte, ça a fait un bruit d'enfer, mais pas comme une détonation tout de même et ça a suffi pour leur donner un peu de motivation.

Je suis allé m'occuper direct des salariés de la fonction publique.

Y avait un mec et une gonzesse, le même âge, sans âge à vrai dire, des jeunes-vieux d'à peine trente ans. Je voyais que le mec n'avait pas trop envie d'une retraite anticipée sous forme de pierre tombale et qu'il se tenait immobile, sans chercher à faire le con. La gonzesse se tenait debout près d'un casier en gardant ses mains derrière la tête, elle n'en menait pas large.

– Je sais où est le pognon, j'ai fait au jeune fonctionnaire, dans la pièce derrière, dans les sacs que les mecs doivent venir chercher à 2 heures... Si t'es coopératif tu pourras encore souscrire à ta mutuelle pendant trente bonnes années, vu ?

Le canon du Beretta semblait vouloir prendre racine sur son front.

– Vu, il a répondu sans trop se démonter.

– Parfait, allez, tout le monde dans la pièce de derrière ! j'ai gueulé en indiquant la direction du bout du flingue.

J'ai enfermé tout le monde sauf le mec dans une espèce de salle d'archives toute poussiéreuse et sans fenêtre.

Le fric se trouvait dans un vieux coffre emmuré, au bout d'une autre pièce située derrière le bureau du comptoir. J'ai expliqué au mec que je savais qu'il avait la combinaison, afin d'ouvrir aux convoyeurs dans une heure et demie, et qu'il valait mieux qu'il s'en souvienne. Le mec ne l'a pas ramené, il a ouvert le coffre et sorti les deux gros sacs de toile. Je les ai foutus aussitôt dans des sacs-poubelle de PVC noir que j'ai dépliés de ma poche. Environ trente mille euros dans chaque,

200 KF comme on disait dans le temps. Les économies des petits vieux du quartier, des boutiquiers arabes et de quelques malins qui profitaient de l'anonymat et de l'archaïsme des antiques agences jaune et bleue. On était certains à penser que bientôt l'argent liquide allait complètement disparaître et deviendrait illégal.

Après on a fait ce qu'on avait prévu.

J'ai demandé au mec de m'accompagner en portant les sacs, et en sortant j'ai arraché au passage les fils du téléphone.

L'agence PTT de la rue Anatole-France était une survivance d'une ère révolue, sans doute une des toutes dernières à ressembler à ce qu'avait été une poste française du XXe siècle. Maintenant qu'on venait juste de changer de millénaire, elle ressemblait à ce qu'on trouverait un jour dans les musées d'un futur proche.

On est sortis, le mec devant portant les sacs, je gardais le passe-montagne et, vu qu'on était encore en hiver, ça pouvait passer dans la rue ; de toute façon y avait personne dans la petite ruelle perpendiculaire à Anatole-France qu'on a prise tout de suite à notre gauche. Je lui avais fait un topo net et sans bavures au mec, juste avant qu'on sorte : file droit et tourne quand je te dis, t'occupe de rien et tout ira bien. Le jeune mec en uniforme de la Poste réagissait avec calme et sang-froid, ça tournait rond, ça baignait dans l'huile ce petit braquage.

On a marché jusqu'à la place Pierre-Brossolette, ici on était dans le vieux quartier résidentiel qui bordait la voie de chemin de fer du RER C, de grosses bicoques trapues assoupies sous les arbres mis à poil par l'hiver, une cruauté typique de la nature, un croisement de petites rues grises dans la lumière grise, et en face de nous l'impasse où on avait garé la bagnole avec Karen.

On est allés jusqu'à la BM, une grosse série 5 parfaitement en règle, sauf qu'elle correspondait à deux citoyens belges fictifs, et là j'ai ouvert le coffre direct, pour qu'il aperçoive le moins possible la silhouette de Karen qui se tassait sur son siège, et ne laissait voir qu'un morceau de chapka.

– Pose les sacs, j'ai fait.

Il a balancé les sacs dans le coffre, et il s'est retourné vers moi avec une grimace qui trahissait le fait qu'il était en train de piger.

– Désolé, on n'a pas le temps de négocier, monte dans le coffre, il t'arrivera rien, on va juste te relâcher un peu plus loin, dans la zone industrielle...

Ça faisait partie du plan, histoire de gagner un peu de temps sur l'alerte et qu'il s'imprègne bien de notre signalement.

J'essayais d'être cool, le mec n'avait pas fait d'embrouilles, c'est pas que je puisse dire qu'on soit honnêtes, mais on n'est quand même pas complètement ingrats.

Le mec a hésité, je voyais qu'il flippait. Je tenais le flingue planqué sous mon bras, relax, tout en le braquant, mais je n'avais plus le temps de discuter.

J'avais ordonné à Karen de ne pas prononcer un seul mot, mais je voyais qu'elle s'agitait sur son siège, on perdait du temps, là.

J'ai refermé le coffre d'un coup sec.

– Va jusqu'au bout de l'impasse et colle-toi au mur comme si tu pissais. Si tu décolles avant qu'on se soit barrés, je pourrais m'amuser à faire un carton.

Je suis monté dans la caisse et je me suis assis à côté de Karen qui démarrait déjà, à bonne vitesse, en marche arrière jusqu'à la petite place.

– Plan A, j'ai fait. On doit être à la porte d'Italie dans dix minutes.

Elle a mis le boulet en passant la première et elle a obliqué à donf vers la voie de chemin de fer, les pneus ont crissé dans le calme glacé de l'hiver banlieusard.

J'ai eu le temps de constater que le mec de la Poste en profitait pour pisser sur le mur qui fermait l'impasse.

On a foncé le long des avenues désertes qui suivent la voie de chemin de fer et ses terrains vagues, dans une zone d'entrepôts désaffectés et de vieilles maisons prolétariennes, de cafés abandonnés, de magasins et d'hôtels miteux murés, comme quelque chose en train de mourir. Le béton frais du troisième millénaire avançait, juste derrière, avec ses centres commerciaux, ses résidences et ses immeubles de bureaux. Dans moins de cinq ans tout aurait disparu, avalé par la machine. On s'est dirigés vers les voies sur berges, le long du fleuve, droit vers le périph. La circulation était fluide, c'était l'heure creuse du déjeuner.

On ne s'est pas décroché un seul mot jusqu'à ce qu'on soit sorti de Paris, à fond dans l'exécution du plan A, pour le moment tout roulait.

On arrivait en vue de la centrale hydroélectrique de Mantes-la-Jolie quand on a commencé à se détendre, tous les deux au même instant ou presque.

– Ça s'est bien passé, j'ai fait.

Il y a eu un petit silence, puis :

– Ouais, ça s'est bien passé.

J'ai réembrayé aussi sec, fallait alimenter le processus.

– Ça s'est super bien passé.

– Ouais, elle a dit au bout d'un petit moment, ça s'est super bien passé.

Je me suis tourné vers elle, jusqu'à cet instant je n'avais pas décollé mon regard de la route, à part de brefs coups d'œil en coin. Elle tenait fermement le volant, les mains et les avant-bras raidis par le stress, elle regardait fixement droit devant elle, je voyais qu'elle était fermée, tendue, mais que ça se dégelait, peu à peu.

Encore un effort.

– Pas de casse, pas de bobos, pas de flics, j'ai fait. On continue comme prévu... on change pas un plan qui marche...

Je cherchais à la rassurer mais je voyais que je m'y prenais mal, comme si c'était pour me réconforter moi-même que je lui débitais ces salades.

J'ai opté pour une autre stratégie et j'ai farfouillé dans la boîte à gants à la recherche d'une cassette.

Je suis tombé sur un truc de Karen, du jazz, du free, Albert Ayler, un disque des années soixante, un des plus grands jazzmen selon elle. Une sorte de saxophone kamikaze s'est mis à nous accompagner le long de l'autoroute qui filait vers l'ouest.

Le plan consistait à rouler jusqu'à la côte normande, où on abandonnerait la bagnole dans un endroit isolé, à l'intérieur d'un bois, quelque part entre Deauville et Honfleur. Là on prendrait le train jusqu'à Bayeux, tout en ayant acheté des billets pour Cherbourg. On descendrait à la petite ville célèbre pour sa tapisserie, où le second véhicule nous attendait sur le parking de la gare depuis la veille, une Audi milieu de gamme, cossue mais assez banale, immatriculée dans la région parisienne comme pas mal dans le coin, et on tracerait plein sud, jusqu'à l'Espagne, pour la seconde phase. La phase on se casse aux antipodes avec le pognon.

La BM, on l'avait louée à Lille, sous nos fausses id belges. Avec la localisation de la caisse sur la côte septentrionale de la France, et l'éventuelle détection de notre billet de train pour Cherbourg, on cherchait à accréditer une fuite vers l'Angleterre ou un pays de l'Europe du Nord.

L'Audi, on l'avait achetée et mise en réserve pour le dernier coup.

On roulerait alors sans s'arrêter, jusqu'à l'extrême pointe méridionale du continent, là où le bateau nous attendait, à Algésiras, avec même un acheteur pour la caisse, avant l'embarquement.

Je repensais à tout ça alors qu'on quittait l'autoroute juste avant Mantes, le péage et ses flics. On a pris la nationale, sans rien dire à nouveau. Je cherchais moi aussi à me décontracter. L'alerte avait été donnée à cette heure-là, la description de la bagnole était déjà diffusée dans toute la France sur le réseau Métropol. J'avais pris garde à bien maculer de boue les plaques juste avant le braquage, afin qu'aucun témoin ne puisse les relever, mais j'avais aussi pris le temps de passer la bagnole aux rouleaux dans une pompe automatique de la porte d'Italie, juste après. Comme prévu par le plan, on allait chercher une BM sale aux plaques couvertes de boue et conduite par un « mec » portant une chapka, avec un type en blouson de cuir et passe-montagne, mais quand on a pris la bretelle d'accès au périph, à la porte d'Italie, on était un couple de deux jeunes bourges belges hétérosexuels, et la BM aux plaques lilloises était flambant neuve.

Tout s'est déroulé nickel.

On a largué la bagnole à l'endroit prévu, et on s'est de nouveau changés de la tête aux pieds. On a fait deux kilomètres à pinces par un chemin de campagne désolé. J'ai balourdé le flingue dans la mer du haut d'une falaise, on est arrivés à la gare d'Honfleur en fin d'après-midi, à Bayeux lorsque le soir tombait, on a pris direct l'Audi sur le parking de la gare et on a quitté la ville sans même souffler une seconde. Cette fois c'est moi qui conduisais.

Pendant les deux mois et quelques qui avaient précédé, on s'était déjà attaqués à une vieille agence de la Poste comme celle-là, mais de l'autre côté de la région parisienne, vers Drancy, à la caisse d'une permanence régionale d'un parti politique écologiste, près de Corbeil, puis à celle d'un centre de loisirs McDonald's à Torcy, ainsi qu'à la recette d'un Centre de bus, un gros terminal interlignes de Créteil. À cela il fallait ajouter le casse nocturne d'une bijouterie à Issy-les-

Moulineaux. Quand on faisait le bilan financier de l'opération, qu'on soustrayait au chiffre d'affaires les frais divers engendrés par les véhicules différents chaque fois, et la clandestinité, fallait reconnaître que c'était pas le pire business de tous. Le seul problème, c'était qu'il ne fallait absolument pas se laisser séduire par le mirage fatal, celui du joueur de casino qui ne peut s'empêcher de rejouer une fois de trop et commence à perdre, puis à descendre la spirale infernale ; dans notre cas, la première rotation de la spirale se traduirait par quinze bonnes années de taule, fallait s'arrêter pile au bon moment.

Je m'étais déjà préparé à l'inévitable, foutre le camp, me barrer à l'autre bout du monde, lorsqu'on s'est rencontrés dans un Centre de regroupement, Karen et moi. C'est là que les équipes de dépistage sanitaire du nouveau gouvernement avaient détecté en nous le syndrome du neurovirus génétique, une sorte de maladie nerveuse qui semblait se communiquer de façon mystérieuse. Ce qui nous avait valu un « marquage » spécial sur les nouvelles cartes d'identité à puces, et ce qui nous avait décidés à prendre le maquis, elle et moi.

Le premier soir où on a fait l'amour, c'était au Centre de regroupement sanitaire, sous un escalier de l'immeuble à conteneurs où j'habitais, ça faisait des semaines que nos regards se croisaient, comme si on était deux aimants irrésistiblement attirés l'un par l'autre. Quand on s'est évadés du Foyer médico-sécuritaire spécial dans lequel le Centre nous avait finalement placés, j'avais cogité tout le truc pendant des mois. Grâce à des potes hypertrapus on a pu effacer les marquages spéciaux sur nos cartes génétiques officielles, avant d'acheter un petit lot de fausses identités, avec le fric d'une ancienne dette que je suis allé récupérer.

On ne savait rien du « neurovirus » qui nous bouffait le cerveau, Karen et moi, mais comme tous les autres malades atteints du syndrome de Schiron-Aldiss, je suppose, on faisait ces putains de rêves hyperintenses, les médecins nous ont vaguement parlé de « NDE » autostimulées, et je ne sais pas trop ce que ça veut dire, sauf que ça a un rapport avec la mort, je crois, ces putains de rêves donc, des fois hyperlumineux, extatiques, où on revoit nos ancêtres et nos amis morts, et d'autres fois où c'est les ténèbres, la destruction, le feu, la douleur, la terreur…

Il n'existe aucun remède, et de vaccin encore moins, au syndrome de Schiron-Aldiss, il existe juste une petite famille de molécules qui permet de supporter les états de dépression intense qui succèdent souvent à nos rêves, ainsi que les phases d'euphorie maniaque, qui sont leur symétrique. Transvector gamma et Transvector epsilon sont les deux molécules qui nous permettent de supporter les états hallucinatoires et les phases de réadaptation, mais ici en France, elles sont considérées comme des « drogues », et formellement interdites, en Hollande où on les trouve en vente libre, elles sont hyperchères.

On n'avait pas des masses d'alternatives, Karen et moi, quand on a décidé de voler l'État qui essayait de nous voler nos vies.

Il y a tout un tas de trucs que les toubibs du gouvernement ignorent, ou font semblant d'ignorer, au sujet du neurovirus de Schiron-Aldiss, je crois qu'ils n'y comprennent que dalle en fait, mais nous, ainsi que pas mal d'autres porteurs, on sait des trucs que les gros pontes du ministère de la Santé ne soupçonnent même pas. C'est vrai que le virus nous bouffe les neurones à vitesse grand V, c'est vrai que chaque fois qu'on rêve c'est un peu comme si on mourait ou des trucs comme ça, de grands voyages dans l'infini, mais ce que les toubibs ne savent pas, et ne sont pas près de savoir à mon sens, c'est que ça nous rend vachement plus *performants*.

C'est le mot qui me vient à l'esprit, désolé. C'est ça que je me suis dit la première fois, enfin la première fois où j'ai pris conscience de la nature du phénomène. Je m'étais rendu compte que par moments, mon cerveau me délivrait une vérité lumineuse, au sujet d'un aspect particulier du monde qui nous entoure, ou de nous-mêmes, comme s'il agissait quelque temps en tache de fond invisible puis envoyait le résultat à la mémoire quand tout était bien compilé. C'est ce que m'a dit Rubnik, un de mes potes hypertrapus de la banlieue sud, il avait comparé ça à des processus informatiques, mais c'est son délire à lui, les ordinateurs et les intelligences neuro-je-sais-plus-quoi, c'est un drôle d'allumé du citron, Rubnik, avec ses potes ils forment une Confrérie de hackers qui s'appelle UnderBahn Brotherhood, ils cassent des codes d'entrée sur le Meganet, volent des informations et les revendent au plus offrant, détournent des technologies militaires et tout un tas d'autres trucs plus ou moins illicites.

Bon, pour revenir au neurovirus de Schiron-Aldiss, c'est comme ça que j'avais conçu les braquages et le casse de la bijouterie Duplex, juste parce que sur le tout premier coup, je m'étais retrouvé dans le coin par hasard et que je m'étais surpris à tout piger du système de sécurité déficient et des innombrables « réalités virtuelles » qui se propageaient dans un chaos soudainement plus lisible.

J'avais clairement vu les lignes de probabilités se ramifier dans le futur, j'avais conçu la totalité du plan en quelques nuits de transe agitée et fiévreuse. J'avais ensuite tout peaufiné jusqu'au moindre microdétail pendant des semaines. Notre fuite à l'autre bout du monde passait par plusieurs destinations intermédiaires chargées de brouiller les pistes, et une séparation momentanée lors de certains trajets.

La nuit était tombée, bien noire, alors que je roulais

vers la destination suivante prévue par le plan : le sud de la France par Bordeaux, puis la « frontière » espagnole, demain on devait rouler à travers le Pays basque, la Castille et l'Andalousie, et je comptais arriver au soir à Algésiras, disons en pleine nuit, au petit hôtel où j'avais réservé deux chambres depuis Paris, sous les noms qu'on utilisait pendant cette phase de l'opération.

Je roulais dans la nuit trouée par les phares et Karen s'était endormie sur la banquette arrière. On avait jeté ses anciennes fringues et les miennes dans une benne à ordures quelque part vers Évreux.

Pour me tenir éveillé, je me suis mis à repenser de nouveau au plan, à voir si ça clochait quelque part, et à refaire les comptes, une énième fois.

Les cinq braquages nous avaient rapporté près de deux cent cinquante mille euros, le casse de la bijouterie pas grand-chose en liquide mais pas loin de cent mille en bijoux et pierres de toutes sortes, qu'on avait pu refourguer entre vingt et trente pour cent de leur valeur. Ça, c'était les recettes. Côté dépenses, au total fallait bien compter cinquante mille euros, peut-être un peu plus avec les bagnoles achetées, ou louées puis abandonnées ou détruites (pas de bagnoles volées, trop chaud de nos jours avec les systèmes à puces d'émission radio), plus les fausses identités, le plan de fuite et tout le toutim. Mais ça nous laissait de quoi s'offrir un coin hypertranquille sur une île perdue quelque part en mer de Chine, là où les banques ont des rendements à dix ou douze pour cent minimum garanti et où les business ne manquent pas. Fallait pas traîner cependant, en dépit des crises et des conflits locaux qui se sont envenimés depuis la fin du XXe siècle, la zone continue d'être une des plus dynamiques du monde, ce qui n'était pas le cas ici, bientôt un million d'euromachins, ça ne suffirait même plus pour changer les housses de votre Hyundai.

Je m'étais interdit tout un tas de trucs pour les braquages. En premier lieu, ne pas succomber à la tentation du superméga coup d'enfer impossible et génial, un bon sujet de film, mais pas du tout mon genre dans la réalité, y compris en pariant sur les ressources un peu spéciales que nous conférait le neurovirus. Au contraire, fallait encore amplifier notre supériorité en ne s'attaquant qu'à des cibles faibles et sans défense, et en très peu de temps, une vraie réflexion de prédateur, je m'étais dit plus tard, afin d'approcher au plus près les cent pour cent de chances statistiques de réussite. Et là, le neurovirus il permettait cette substantielle augmentation de probabilités positives ; d'après ce que m'avait dit un toubib juif, un mec mal vu dans les équipes sanitaires des Centres de regroupement, c'était peut-être une des particularités du neurovirus de Schiron-Aldiss, en agissant sur le cerveau, sur les fondations mêmes du « programme conscience », il déclenchait une appréhension nouvelle des phénomènes quantiques, probabilistes et relativistes. J'avais essayé de piger ce que ça voulait dire en me branchant sur un des terminaux de l'hôpital et en me baladant en hypertexte sur le réseau local, mais je ne suis pas sûr d'avoir tout compris. Néanmoins, d'après ce que je suis arrivé à assimiler, je crois pouvoir dire que le toubib juif avait raison. Quand le neurovirus passe sur un « état augmenté », un phénomène assez chaotique que nous avons du mal à contrôler, d'où la nécessité des molécules Transvector, c'est comme si on voyait des choses cachées à l'intérieur de la réalité, au cœur de l'espace-temps, pour reprendre le vocabulaire des bases hypertextes de l'hôpital. Ça prend la forme de visions, mais on ne peut pas dire que l'*apparence* de la réalité change fondamentalement, non, c'est plutôt comme si on voyait sous les apparences la vraie nature de la réalité, c'est juste qu'on perçoit, par un sens nouveau qui n'est ni la vue, ni l'ouïe, ni rien d'autre, les flux d'énergie et d'informations, les champs magnétiques et électriques, qu'on perçoit aussi, qu'on « pressent » plutôt, les altérations chaotiques, les enchaînements de probabilités, comme des semi-rêves branchés sur le futur proche. C'est grâce à tout cet ensemble de trucs que mon cerveau avait eu accès directement à des données invisibles au commun des mortels, des données concernant les ultimes agences de la Poste encore en activité, avant leur rachat par Federal Express, un truc imminent selon la presse économique disponible sur le Méganet, ainsi que sur certains centraux de bus de la banlieue, puis sur la bijouterie, les écolos New Age, et le minicentre de loisirs McDo. De petits coups ultrasûrs, donc pas trop chers à préparer, et qui ramenaient vingt ou trente fois l'investissement, c'était ça l'idée.

On roulait dans la nuit vers l'Espagne, sous de fausses identités stockées dans de véritables hypercartes, avec le reste des données, arbre généalogique, histoire familiale, code génétique, bilan de santé, et l'hologramme prétendument incopiable de tout votre organisme. On formait désormais un couple helvético-canadien, elle de Lausanne, moi de Montréal, j'étais un ancien élève de l'université Mac Gill, microprogrammeur, reconverti dans le transfert de technologies, elle était journaliste dans une chaîne privée satellite. Les données que la bande à Rubnik avait piratées valaient une véritable fortune, ils possédaient un briseur de code militaire et ils avaient réussi à cloner ainsi l'ensemble des données stratégiques de plusieurs dizaines d'individus à travers le monde – qu'ils transféraient ensuite sur des cartes vierges, parfaitement authentiques, grâce à un branchement de Rubnik avec une mafia germano-russe implantée à Lille. J'avais acheté un lot de trois identités pour le prix d'une. Ensuite, un toubib clando nous avait scanné sous toutes les coutures et le modèle avait été implémenté sur les cartes par Rubnik, tout ça m'avait coûté tout le fric de la dette que j'avais récupérée, plus un petit pourcentage sur le premier coup, et encore Rubnik m'avait fait une fleur en échange d'un service passé.

C'est par la même connexion germano-russe qu'on a pu refourguer les bijoux Duplex pour environ vingt-cinq pour cent de leur valeur, moins la commission de Rubnik. Vu le temps passé et la minutie de l'opération, ça m'a paru dérisoire, mais je n'avais qu'à y penser avant, je me suis dit.

J'ai roulé jusqu'à l'aube, on a passé Bordeaux, les Landes, le Pays basque, je m'enfilais de la meth en continu pour tenir le plus loin possible, au-delà de la frontière électronique qui contrôlait les entrées-sorties de véhicules, mais juste avant Hendaye, j'ai ralenti et je me suis garé sur un terre-plein au bord de la route. Karen a pris le relais, je me suis avalé un downer, une capsule de T-Vector epsilon achetée au noir dans la banlieue de Lille, pour essayer de trouver le sommeil.

La phase suivante du plan consistait à déposer le fric en liquide sur le compte d'une petite banque d'affaires sud-américaine qui s'implantait dans l'Europe méditerranéenne et qui avait ouvert une agence dans la ville frontière, afin d'attirer des capitaux français. Je crois qu'ils n'étaient pas très regardants sur la provenance des fonds, et je savais que les billets n'étaient pas marqués, on avait déposé le fric au fur et à mesure sous notre deuxième identité factice, en s'offrant un aller-retour TGV chaque fois. Ce matin-là, comme à chaque coup, Karen l'a joué jeune bourgeoise insolente et sexy, les neuf dixièmes du dernier braquage furent déposés sur le compte d'une de nos entreprises bidons. Dans moins de deux jours, une moitié du fric se retrouverait sur le compte d'une banque thaïe et, moins d'une semaine plus tard, l'autre sur deux ou trois succursales de banques indonésiennes et australiennes. Grâce à un système de sociétés-écrans, on dissocierait tout ça sur d'autres comptes encore, puis en quelques semaines on retirerait tout en cash avant de tout refourguer sur d'autres comptes, sous une troisième identité.

On a gardé la moitié chacun, en diverses monnaies, travellers et cartes de paiement infocash. Des touristes argentés.

L'Audi était badgée en règle, et nos hypercartes d'identité aussi, les détecteurs à microlaser des postes-scanners de la frontière ont lu des données parfaitement authentiques et correspondant aux individus qui les portaient, un message de bienvenue dans les deux langues, plus les langues officielles de l'Union, s'est affiché en transparence tête haute sur le pare-brise.

Karen a roulé plein pot vers Burgos, puis vers Madrid, par les grands axes principaux, on pouvait s'offrir des péages et du sans-plomb 99 Ultragreen à dix euros le litre, fallait tracer d'une traite. Karen a pris un peu de meth, moi j'oscillais sans cesse entre deux nuances de semi-sommeil, il ne faisait pas très beau, un temps gris, froid et humide, mais on se tirait vers le soleil et les mers tropicales, j'aurais supporté d'être un lundi de janvier dans le nord de l'Angleterre.

Algésiras est un port industriel planté dans un décor rocailleux et aride, des cimenteries, des conserveries, des entrepôts, des parkings, quelques centres commerciaux et une espèce de ville où les touristes en transit pour l'Afrique du Nord dorment rarement plus d'une nuit. Les gros ferries côtoient les cargos venus de toute la Méditerranée et quelques petits bâtiments de la marine espagnole. On est arrivés dans la nuit et j'ai ramé comme un malade pour trouver la ruelle où se trouvait le petit hôtel, dans quelque chose qui faisait tout pour ressembler à un centre-ville.

La chambre était propre, avec un carré de douche, un lit deux places, une vieille penderie, des murs recouverts de crépi, une photo du roi, une icône de la Vierge et une petite aquarelle assez moche, c'était mieux que tout ce qu'on avait connu dans les usines-à-roupiller, les Robotels, One-Shot Nite, Safety Sleep, Honzaï-Box, ou pire encore les Subzones établies dans d'anciens parkings, tous ces machins à conteneurs d'habitation d'urgence dans lesquels on avait passé nos nuits depuis qu'on s'était tirés du Centre de regroupement.

Karen a immédiatement allumé la télé, en bonne post-ado modèle XXIe siècle elle a navigué à toute vitesse avec la télécommande sur les cinq cent douze chaînes satellites et câblées que recevait l'hôtel, elle s'est finalement installée devant une série américaine doublée en arabe dont elle a coupé le son et elle a mis les écouteurs de son walkman sur les oreilles, tellement fort (elle avait débridé la puce de contrôle de volume) que j'avais l'impression qu'on venait d'allumer un vieux poste à transistor juste à côté de moi. C'était encore son jazzman dingue, Albert Ayler, je voyais la couverture du CD qu'elle triturait, le regard pompé par le tube cathodique où les gars de l'Agence Tous Risques faisaient valser les jeeps de la Police militaire.

Il y avait quelques canettes de Coca et deux coronas dans le vieux frigo à CFC, illégal, qui ronronnait dans un coin. Je me suis pris une bière et j'ai avalé un autre cachet de downer.

Il fallait qu'on dorme et qu'on récupère, demain la journée serait chargée, il faudrait vendre la caisse à l'espèce de marché aux bagnoles d'occasion qui avait poussé à la sortie de la ville, un vrai bazar du trafic transeuropéen, avec des Mercos, des BM, de la

Volkswagen-Ford toute neuve, des nippo-anglaises, et même des Opel tchèques ou polonaises qui partaient pour Rabat, Dakar, Lagos, Douala...

On avait tout traité par fax avec Omar Bensaïd, un petit trafiquant qui avait accepté l'Audi quasi neuve pour environ le tiers de sa cote à l'argus. La bagnole n'était pas volée, mais elle était « grillée », il lui faudrait changer les plaques et les puces de reconnaissance, plus le risque et sa marge, fallait comprendre. Je n'avais pas cherché à marchander, vingt-cinq mille balles, ça nous remboursait pratiquement le coût de l'opération transit par le Maroc.

Aucun toubib ne s'était jamais risqué à nous dire la vérité au sujet de notre espérance de vie. Seul Cohen-Solal, le juif mal vu, avait bien voulu répondre à quelques-unes de mes questions, un soir.

Deux jours plus tôt, les toubibs m'avaient fait passer une batterie de tests, un nouveau truc qui venait des États-Unis. Ils m'avaient foutu un drôle d'appareil sur la tête, qui marchait avec des supraconducteurs et de l'hélium liquide, un *squid* ils appelaient ça, plus tout un tas de nanoscanners et autres bidules aux noms impossibles. Au bout de plusieurs heures, j'ai senti que le neurovirus déclenchait l'amorce d'un état augmenté, le genre de trucs quotidiens ou presque, sur tous les écrans de contrôle où flottaient jusque-là des radiations assez calmes, une sorte d'activité chaotique s'est mise à bouillonner. Les toubibs poussaient des Oh ! et des Ah ! d'admiration, moi j'avais l'impression d'être devenu une espèce de synthétiseur vivant.

Le soir où Cohen-Solal est venu me voir dans ma chambre, il m'a d'abord expliqué que l'équipe de contrôle sanitaire avait considéré l'expérience de l'avant-veille comme la preuve de l'extrême dangerosité du neurovirus.

– De quoi ils ont eu peur ? j'avais demandé, de deux gribouillis un peu saturés dans leurs écrans de contrôle ?

– Ils considèrent ça comme la preuve qu'il s'agit d'un dangereux agent psychogène...

– Kexéxa ?

– Psychogène, qui provoque des crises de type psychotique, la folie.

– Je suis pas cinglé. On n'est pas cinglés, on voit juste des trucs...

Il avait souri.

– À une époque, on brûlait les gens pour moins que ça... Aujourd'hui, on les enferme.

J'avais vaguement pigé qu'il détestait le boulot qu'on lui ordonnait de faire, mais les décrets d'urgence du nouveau gouvernement n'étaient pas du genre à rigoler avec l'éthique médicale républicaine : le bon médecin est un médecin aussi obéissant que son patient.

J'avais deviné comme une sorte de menace sous-jacente. Le Centre de regroupement sanitaire numéro 14 c'était déjà pas la joie, je n'avais pas envie de savoir si ça pouvait être pire ailleurs.

– Quel est le programme pour nous, docteur ? j'avais demandé.

Cohen-Solal avait légèrement hésité. Je savais que les toubibs étaient parfois espionnés par la Sécurité nationale, mais ils n'avaient pas encore câblé les centres sanitaires de caméras vidéo et de mouchards. Je crois juste qu'il cherchait ses mots.

– Foyer spécial, il avait répondu.

– C'est quoi, ça ?

– Une sorte de Centre de regroupement, en plus sécuritaire, il avait ajouté.

J'avais tout de suite vu le topo. J'avais sur-le-champ décidé que je n'y resterais pas, dans leur foutu Foyer spécial.

J'étais en train de m'endormir, sécurisé par la sensation de calme et de bien-être provoquée par la molécule epsilon, lorsque j'ai entendu Karen s'agiter, j'ai compris qu'elle venait d'enlever ses écouteurs parce que le son avait changé, puis je l'ai entendue murmurer une insanité tandis qu'elle montait le son de la télé.

– « ... numéro où joindre la police, nous répétons

que ces individus sont armés et dangereux... Et maintenant, des nouvelles de l'équipage franco-germano-russe bloqué depuis trois jours dans la station Mir qu'ils tentent de réparer... »

– Merde, a fait Karen en baissant le son. Eh, t'as vu ça ?

Elle m'a secoué comme un prunier, j'ai maugréé quelque chose d'indistinct en réponse, elle m'a secoué de nouveau.

– Merde, putain, y avait nos tronches au journal de 20 heures sur TF2, y paraît qu'on a braqué une banque ce matin et qu'y a eu deux morts...

L'epsilon faisait effet, mais pas au point d'endormir toutes mes facultés, surtout pas celle qui fait s'allumer des signaux d'alarme dans votre caboche.

– Quoi ? j'ai dit en me retournant pour mater l'écran.

Je pouvais voir l'image muette et un peu saccadée par moments de trois cosmonautes discutant avec un opérateur au sol.

– C'est trop tard..., a fait Karen.

Je zappais sans faire gaffe, puis j'ai vu nos gueules, mais c'était la fin du reportage, avec le numéro des flics...

– Qu'est-ce qu'ils disaient ? j'ai demandé connement.

– J'ai pas pu tout entendre, juste hold-up sanglant à Nanterre, avec deux morts dont un policier...

– Qu'est-ce que c'est que ces conneries, j'ai craché. Ce matin, t'as dit ?

– Ouais, ils ont dit ce matin.

– Merde, ce matin on passait la frontière à Hendaye...

Elle a eu une sorte de petit rire.

– Faudrait téléphoner pour leur expliquer, on n'a pas commis le braquage de Nanterre, on passait en fraude sous telle identité la frontière espagnole à la même heure, vérifiez dans les bases de données de l'autoroute...

Je me suis assis dans le lit.

Les trois cosmonautes piégés dans la station en déroute n'en menaient pas large non plus.

J'ai cru comprendre qu'une navette Atlantis allait être lancée prochainement, mais pas avant une semaine si tout allait bien, d'ici là, les mecs seraient en train de frire comme dans un four à micro-ondes poussé à fond.

On a tous nos problèmes, les gars, j'ai pensé.

Les états augmentés peuvent être déclenchés quelle que soit l'heure, et quel que soit ce que vous êtes en train de faire. Lorsqu'ils surviennent la nuit, disons pendant que vous dormez, ils peuvent prendre la forme de « NDE autostimulées », c'est le seuil d'activité le plus critique, mais le plus souvent il s'agit de simples rêves extrêmement puissants, avec une impression de réel-surréel très intense, très paradoxale, et qui laisse des souvenirs à jamais gravés en vous.

Cette nuit-là, je pensais que l'epsilon ferait effet, mais j'avais compté sans la tension qui s'était accumulée pendant les dernières soixante-douze heures, plus la meth, une drogue fortement déconseillée à tous les porteurs du neurovirus.

Lorsque j'ai sombré dans la phase paradoxale, un neurotransmetteur passablement déjanté a réveillé le virus et un état augmenté a submergé mon esprit, aux défenses conscientes abaissées, un vrai régal pour lui.

Je me suis retrouvé dans la station Mir, avec les trois cosmonautes enfermés en train de tout faire pour ne pas crever carbonisés, quand la station commencerait à traverser les couches denses de l'atmosphère.

Il y avait comme une musique qui nous parvenait de la Terre, j'ai instantanément reconnu les phrasés incroyables du jazzman mort, ça grésillait derrière des nuages d'interférences mais c'était reconnaissable entre tout.

Je ne sais pas pourquoi mais dans le rêve on essayait de réparer la capsule jour et nuit tout en sachant que ça ne servait à rien, fallait juste continuer à faire quelque chose, mais le système principal avait tellement morflé qu'il était désormais impossible de contrôler quoi que ce soit. Les calculs des ordinateurs de poche, les seuls qui fonctionnaient encore, étaient formels : dans vingt-cinq heures, la station Mir verrait sa température extérieure augmenter sous la pression des gaz, en moins d'une heure, elle avoisinerait les mille degrés, puis les dépasserait et elle se disloquerait complètement à environ cinquante kilomètres de hauteur, en éparpillant ses débris un peu partout à la surface du globe, quelques morceaux plus réfractaires que d'autres s'abattraient comme des météorites dans des lieux improbables, mais d'eux, de nous, les cosmonautes, il ne resterait qu'un souvenir en bandes-vidéo.

Je ne sais pas comment ça s'est fait mais à un moment donné la musique s'est interrompue et le vide total a envahi le système radio, même plus un crachotement, rien qu'un vide digital, abstrait, sans profondeur. On avait perdu le contact avec la Terre, ça allait commencer à chauffer pour nos fesses.

Puis la musique est revenue, une plainte-crissement, rauque et tribale, mais là elle ne venait plus de la radio, elle résonnait dans la cabine de Mir comme si elle venait de son centre, juste derrière nous.

On s'est retournés de concert les trois cosmonautes et moi, et on a fait face à un cinquième passager.

Le type était noir, il avait revêtu une des combinaisons de survie russe de la cabine et il soufflait dans un saxophone doré qui étincelait de partout, comme une sorte d'arme de science-fiction.

– Merde, j'ai fait, Albert Ayler.

Le cosmonaute russe m'a de nouveau fait face :

– Qui ça ?

– Albert Ayler, j'ai répondu, un jazzman du XXe siècle.

– Qu'est-ce qu'il fout là, a soufflé l'Allemand.

– Merde, il est en train de pomper tout l'oxygène avec ses conneries, a enchaîné le Français.

– C'est vrai ça, a ajouté le Russe, qui que vous soyez, et quel que soit le moyen que vous avez utilisé pour rentrer, arrêtez de jouer de cet instrument, vous êtes en train d'épuiser toutes nos réserves, nous devons agir en économisant au maximum l'énergie.

À ces mots, le jazzmann a relevé les yeux vers Tchoukachenko, le chef de mission, puis a stoppé net au milieu d'un phrasé. Il a essuyé avec soin l'anche de son instrument puis l'a reposé sur ses genoux. Il se tenait assis sur un container velcrotché à une paroi de la station. Il semblait parfaitement insensible aux problèmes particuliers d'apesanteur auxquels on était confrontés ici.

Il a regardé sa montre, a sorti une fiasque métallique de je ne sais où, et a avalé une longue rasade. Il a fixé la petite bouteille un instant puis nous a regardés.

– Ça vous dit, commandant Tchoukachenko ?

Il a agité la fiasque scintillante dans le clair-obscur de la cabine.

– Rangez ça. L'alcool est complètement prohibé à bord de cette station.

Le musicien l'a regardé d'un air stupéfait, puis il a éclaté de rire.

– Merde, putain celle-là c'est une des meilleures que j'ai entendue de toute ma vie, et au-delà...

Il s'est vraiment marré mais s'est arrêté net et il nous a observés de son regard intensifié par l'alcool, après avoir de nouveau consulté son antique montre-bracelet.

– Vous voulez que je vous dise un truc, commandant ? Dans moins de dix minutes la température va commencer à grimper pour de bon par ici, dans vingt on sera dans un sauna poussé à fond, dans trente dans un four, et dans une heure dans un état proche du plasma... mais vous vous ne voulez pas boire un coup !

– Nous sommes des militaires, je suis un militaire, nous devons tout faire pour sauver cette station... vous ne pouvez pas comprendre, qu'est-ce que vous êtes, une hallucination collective ?

Le saxophoniste s'est marré, de nouveau.

C'est à cet instant que je me suis rendu compte qu'on parlait tous la même langue, tout en parlant chacun la nôtre, un truc qu'on rencontre souvent dans les rêves en état augmenté.

Le saxophoniste noir s'est encore marré, puis il s'est mis à trifouiller son instrument tout en nous regardant.

– Non, il a fait pour finir. Je suis le moyen pour vous de vous en tirer.

Le lendemain, quand je suis allé vendre l'Audi chez Omar Bensaïd au marché des bagnoles, j'avais le rêve gravé en moi comme si j'avais vraiment vécu la chose. C'est le réveil du room-service qui avait interrompu net la séquence, au moment où le saxophoniste avait commencé à nous raconter l'histoire de sa dernière journée, le 24 novembre 1970, des souvenirs en « fond de pile » qui avaient été effacés au réveil.

J'ai trouvé des journaux français dans un kiosque près du port et, aux colonnes faits divers, j'ai pu voir deux têtes tout droit sorties des fichiers du Centre de regroupement. On avait les traits tirés et amaigris, les yeux cernés et enfoncés dans leurs orbites. On ne ressemblait pas du tout au couple suisso-québécois qui se baladait autour de la Méditerranée.

Mais l'article évoquait la possible connexion du « braquage de Nanterre » commis par les « évadés du Centre 14 » avec d'autres délits s'étant produits dans la région parisienne depuis près de trois mois, des crimes perpétrés sous une identité factice que la police serait parvenue à décoder.

Je n'aimais pas ça, on essayait de nous coller sur le dos un braquage qui avait mal tourné. Pourquoi ?

Putain, je me suis dit, bande d'enfoirés, les « évadés du Centre 14 » vous emmerdent.

Omar était un trafiquant honnête, c'est-à-dire un type qui tenait sa parole si vous teniez la vôtre. L'Audi que je lui livrais était en parfait état, correspondait au modèle et au millésime annoncés, j'ai eu droit aux vingt-cinq mille eurofrancs promis, payés en plusieurs monnaies, dont les bons et vrais dollars américains, ça nous évitait de laisser une trace à un office de change.

Quand je suis rentré à l'hôtel, à pied, je me suis demandé ce que signifiait le rêve de la station Mir.

D'après ce qu'il m'avait dit lui-même, le docteur Cohen-Solal s'était intéressé de très près aux « rêves » chamaniques des sociétés aborigènes, en Australie notamment. Mais à l'époque où il bossait pour le Centre de regroupement, ses travaux n'étaient pas vus d'un bon œil car ils accréditaient la thèse que certains « états augmentés de la conscience » pouvaient être utiles, donc que certaines « drogues » pouvaient être autorisées dans ce but, théories qualifiées de fumeuses et irresponsables par les tenants de l'ordre médico-policier qui se mettait en place dans tout le pays. En punition, on l'avait placé dans un Centre de regroupement chargé de dépister et ficher la population selon des caractéristiques médicales et génétiques. On le surveillait d'assez près, surtout à l'extérieur du Centre et dans ses communications avec les chercheurs étrangers, mais vu les tâches immenses auxquelles le nouveau gouvernement avait attelé le ministère de la Santé, on lui foutait généralement la paix.

Il nous suivait pour le compte d'un nouveau programme gouvernemental chargé d'étudier à fond notre « cas spécial », nous, les quatre-vingt-huit porteurs du syndrome de Schiron-Aldiss.

Il m'avait conseillé de lire un certain nombre de bouquins sur le réseau hypertexte de l'hôpital rattaché au Centre numéro 14. Des trucs sur les psychoses, des écrits de Freud, Jung, Reich, de l'ethnologie aborigène, de l'anthropologie, les bases il m'avait dit, rien de mieux pour commencer. Je suis resté treize mois au Centre 14, avant que le Foyer spécial ne soit créé pour les porteurs du neurovirus. Ça m'a permis de m'envoyer un plein wagon de bouquins.

Au Foyer spécial, les accès sur les réseaux étaient sévèrement contingentés, pour ainsi dire inexistants, à part quelques chaînes de télé et un package de réseaux propriétaires style *Playboy* ou *Sport international*, inutile de dire que toute demande à une bibliothèque était systématiquement rejetée pour « raisons de sécurité ».

Juste avant le transfert, Cohen-Solal m'avait fait comprendre que les ministères concernés voulaient établir un cordon sanitaire autour de nous, et qu'ils nous considéraient comme des délinquants potentiels. Il m'avait également indiqué qu'un certain nombre de gros pontes du pouvoir voulaient en savoir plus sur le neurovirus dans le but d'isoler le code actif et de le répliquer, afin d'en faire une arme bactériologique.

On est restés plus de trois mois au Foyer spécial de Fontainebleau, près de la caserne de gendarmerie, Karen et moi. On a subi toute une batterie de tests, chaque jour, avec tous les autres porteurs regroupés avec nous.

Pendant tout le temps passé au Centre de regroupement, j'avais pu me rendre compte que mes lectures m'avaient fait plus de bien que toutes les saloperies narcoleptiques que les toubibs du Centre nous forçaient à avaler. Cohen-Solal se débrouillait toujours pour diminuer les doses, en cachette de sa hiérarchie, mais vu que le Transvector est interdit en France, on avait quand même besoin de cette chimie de substitution pour tenir.

J'avais pu décrypter mes rêves, et bien souvent ils m'ouvraient la porte sur des significations fulgurantes et mystérieuses, mais troublantes sur l'ordre de la réalité. Durant le gros trimestre passé au Foyer spécial, je suis arrivé à établir une sorte de contrôle sur mes états augmentés, rien que par des techniques de méditation zen, que j'avais apprises auparavant, clandestinement, au Centre 14, avec le docteur Cohen.

Ça allait très vite s'avérer insuffisant et je savais que seules les macro-molécules Transvector pouvaient parvenir à un résultat durable, il fallait donc que je sorte si je ne voulais pas devenir fou, pour de bon cette fois.

J'avais intégré tellement de données sur le complexe et savant système de sécurité du Foyer qu'un trimestre et des poussières, c'est aussi le temps qu'il a fallu à mon cerveau pour tout traiter. Quand il a envoyé son « runtime », pour parler comme Rubnik, ça s'est déroulé pendant quinze heures d'affilée, dans un état hallucinatoire proche de la transe, un long rêve éveillé. Lorsque je suis sorti du rêve, on était dans une zone d'habitation d'urgence, Karen et moi, un conteneur Safety Sleep de trois mètres sur trois, juste de quoi dormir et procéder aux évacuations biologiques, doté d'une toilette hyper-rudimentaire, sous la forme d'une douche qui tombe du plafond, lorsque le lit extractible est replié. À peine mieux que les cellules monastiques du Foyer.

J'ai décidé de ne pas chômer, on était en plein hiver, la nouvelle année venait de commencer, fallait qu'au printemps on ait mis les voiles. Deux semaines plus tard, on commettait notre premier braquage à l'agence de la Poste de Drancy.

Après avoir vendu l'Audi, on est allés bouffer un truc vite fait, puis on est allés prendre les sacs à l'hôtel.

On a embarqué dans la demi-heure, le ferry s'est détaché de son amarre au moment où le soleil mettait le feu à l'horizon.

Lorsqu'on est arrivés à Ceuta, dans la nuit, on a passé sans embrouilles la frontière du Maroc espagnol. On a pris un bus qui suivait la route côtière, vers Tanger, puis Rabat.

On était toujours ce couple helvético-québécois qui faisait du tourisme autour de la Méditerranée, on est arrivés dans la matinée à Rabat, on a loué illico une chambre dans un petit hôtel de la capitale marocaine, que j'avais repéré sur des guides touristiques en cédérom, au Centre. On marchait constamment sous epsilon ou presque, afin d'éviter toute crise d'état augmenté pendant ces journées critiques. Fallait pas se mettre à déconner, et se retrouver dans une taule du coin sous un prétexte aussi con qu'ébriété sur la voie publique, propos obscènes ou délirants, voire injurieux pour la personne du Prophète, ou du roi.

Mais les doses qu'on avait ramenées de Lille s'épuisaient de jour en jour, fallait qu'on trouve un substitut vite fait. Il lui restait quatre doses journalières, moi deux de plus. On tiendrait dix jours, peut-être quinze, en se rationnant sévère. C'était environ la moitié du temps minimum qu'on avait prévu pour la phase d'« embrouillage des pistes » qui devait empêcher l'Europol ou une autre de leurs saloperies de nous mettre la main dessus.

J'ai tourné en rond dans la chambre pendant une plombe, puis je me suis décidé.

– Je reviens dans une ou deux heures, j'ai fait.

Je suis sorti sans même attendre une éventuelle réponse, je n'avais posé aucune question.

Le chichon, je l'ai trouvé dans un bar des faubourgs de Rabat, je me suis laissé guider par mon intuition et ça a marché, ça fumait sec là-dedans, je suis même en mesure de dire que le mec qui me l'a dealé l'a acheté à des flics, j'ai repéré leur caisse qui arrivait dix minutes après le coup de fil du Berbère, et trente secondes avant qu'il sorte et les rejoigne.

J'ai serré les fesses quand il s'est penché vers leur portière, mais je pressentais déjà que tout se passerait au poil, une main a tendu un truc par la vitre, et s'est saisie d'une poignée de papier, mes biftons, du bon dollar, que le dealer lui a donnés en échange.

Quand le dealer berbère est revenu, il tenait sous son blouson un paquet entouré de papier journal. Y avait près de trente grammes de kif, là-dedans, de cette poudre verdâtre venue du Rif et qui allume les neurones aussi bien que la meilleure des skunks hydropones.

Je n'avais pas envie de compromettre toute l'opération en essayant de trouver du T-Vector sur les marchés noirs des villes qu'on allait traverser. Le T-Vector est une molécule « sensible », on nous repérerait aussi sûrement que si on avait laissé un plan de route à Interpol. Le Transvector est une macromolécule d'un type nouveau dont la chimie est basée sur des concepts auxquels je ne comprends rien, mais tout ce que je sais, c'est qu'une certaine séquence de la longue chaîne de protéines code un effet dans le cerveau qui s'apparente à ce que produit le THC, le principe actif du cannabis. Inutile de dire qu'en France, ce n'est pas vu d'un très bon œil.

Mais c'est pour ça qu'en dernier recours, les personnes contaminées par le neurovirus de Schiron-Aldiss peuvent fumer de la marijuana, ou un autre dérivé du cannabis, pour soulager les effets et les contre-effets des crises.

C'est sur le chemin du retour que j'ai eu un mauvais pressentiment. Il s'est amplifié au fur et à mesure que je me rapprochais de l'hôtel et je me suis surpris à cavaler.

À un moment donné, j'ai eu deux ou trois flashs que j'ai pas bien compris, j'y ai vu la chambre d'hôtel qui brûlait, avec un Albert Ayler en costume de cosmonaute ignifugé tenant un chalumeau à la main.

Quand je suis arrivé en vue de l'hôtel, j'ai tout de suite pigé qu'on avait des ennuis.

Des ennuis de couleur bleue, en lumière tournoyante au-dessus de bagnoles bicolores.

J'ai planqué le paquet de kif au fond d'une poubelle et je me suis avancé crânement vers l'entrée de l'hôtel.

Le sergent Messaoud était un type obèse, énorme, de l'humeur d'un bouledogue qui porterait un flingue, une paire de Ray-Ban, et une moustache de tueur mamelouk.

Je n'ai vu que lui en rentrant. Une masse de chair brune dans l'uniforme vert et beige des flics marocains qui trônait au centre de la chambre dévastée.

C'est à cette seconde que j'ai réalisé.

Putain, la chambre avait l'air d'avoir subi le passage d'une tornade.

Tout y était brisé, y compris le poste de télé, noirci, au tube explosé, avec des débris de verre dans toute la piaule, le lit lacéré et brûlé par endroits.

Merde, j'ai pensé connement, qu'est-ce qui s'est passé ?

– Who are you ? a aboyé le sergent Messaoud, en me voyant pénétrer dans la chambre.

À ce moment-là, un autre flic est sorti de la salle de bains, lui c'était Laurel version mauresque, ils formaient un couple parfait, les deux flics.

Il n'a pas attendu que je réponde à Messaoud, le fluet. Il a dit un truc en arabe que j'ai vaguement compris, un reliquat d'éducation suburbaine, « elle prend son bain chef... », ou un truc comme ça.

J'ai décidé d'attaquer droit au but, genre touriste blanc, mâle, sûr de son droit, et supérieurement civilisé. J'étais québécois, fier de ma francophonie et mon américanat, même si je n'avais pas l'accent, ça passerait ici.

– Quelqu'un peut-il me dire ce qui se passe ici ? Qu'est-ce que c'est que tout ce bordel ?

J'ai vu les lunettes noires me fixer froidement au-dessus de la masse de chair, le temps d'incorporer l'information : *on parle français.*

– *Qui êtes-vous*, il a refait de son aboiement guttural, qu'est-ce que vous faites ici ?

– Je loue cette chambre, j'ai répondu, avec ma femme, disons ma compagne, qu'est-ce qui s'est passé ici, nom de Dieu, et où est-elle... ?

Le flic énorme m'a regardé en silence, je sentais qu'il me passait au scanner, qu'il cherchait à percer la cuirasse.

– Votre femme ? C'est elle qui a tout cassé ici... Vous avez un passeport ?

Son accent arabe était moins prononcé que la moyenne, je me suis demandé une fraction de seconde si le type avait passé une partie de sa vie en France.

Je suis allé chercher mon hypercarte dans un de mes sacs.

Le sergent s'est saisi de l'objet et il l'a tendu à son subordonné, sans rien lui dire. Le Laurel a sorti un lecteur à mégapuce d'une des poches de son blouson et il y a enfiché la carte. Il y a eu le long bavardage digital de la machine, puis l'éjection de l'objet sur un signal qui disait « positif » dans toutes les langues du monde. Enfin, un ruban de papier recyclo sur lequel étaient écrites toutes les données pour lesquelles la police marocaine avait un droit d'accès, passeport holographique, scolarisation, casier judiciaire international, informations non confidentielles.

J'étais blanc comme neige, j'étais un ancien étudiant de l'université Mac Gill, etc.

– Où est ma femme ? j'ai redemandé.

Je n'étais pas censé comprendre l'arabe et je n'entendais aucun bruit en provenance de la salle de bains. D'autre part, j'étais plutôt inquiet.

– Elle prend un bain, a répondu le sergent, mais elle ne pourra pas le finir...

– C'est-à-dire ?

– C'est-à-dire qu'elle est inculpée de destruction de propriété privée et de deux ou trois autres infractions du même genre. Sans compter les dommages à monsieur Souadi, le propriétaire. Vous allez devoir dire à votre femme de s'habiller, puis de venir avec nous au commissariat.

J'ai rapidement fait un tour panoramique sur moi-même pour évaluer les dommages en question, c'était jouable.

Je ne savais pas exactement ce qui s'était produit mais je me doutais que ça avait un rapport avec le neurovirus, une crise sûrement, mais putain de bon Dieu, je n'avais jamais assisté à quelque chose de cette ampleur. La dernière chose dont j'avais envie, c'est que les flics du coin se prennent à vouloir hospitaliser Karen, avec une détection du neurovirus à la clé (même le Maroc possède des tests fiables aujourd'hui), c'est-à-dire un coup de fil direct à l'OMS, donc à Interpol, donc à la police française...

– Écoutez, sergent, j'ai fait d'une voix calme et légèrement voilée, ma femme est malade, très malade, elle subit des crises périodiques d'épilepsie très graves, et ce voyage nous a été conseillé par de grands médecins de Montréal... Je suis prêt à payer tous les dégâts rubis sur l'ongle, à dédommager illico le propriétaire... ainsi que tous ceux que nous aurons dérangés, j'ai rajouté pour faire bonne mesure, mais sans ostentation, pour ne pas le froisser.

J'ai tout de suite vu que le gros flic faisait des calculs et évaluait la situation.

– J'ai peur que ce ne soit pas légal, il a murmuré, juste pour mettre la pression...

– Écoutez, nous devons quitter votre pays demain matin pour l'Afrique du Sud, où nous avons rendez-vous avec un spécialiste mondialement reconnu des maladies dégénératives du système nerveux, je suis sincèrement désolé pour cet incident regrettable et croyez bien que ma femme l'est tout autant, c'est la raison pour laquelle je vous propose ce marché : je rembourse dans la minute monsieur Souadi par un ordre de transfert sur ma carte de crédit, et je vous paie un bon dîner à la place d'une nuit de tracasseries administratives... Je n'appelle pas ça de la corruption, mais un simple arrangement entre hommes de bonne volonté.

Le gros flic a passé sa langue sur sa moustache, je voyais bien qu'il accumulait les chiffres dans sa caboche.

– À combien vous estimez notre dérangement ? il a sifflé.

– Disons dix pour cent du prix de la casse ?

Un mince sourire.

– Vous plaisantez, pas moins de trente.

– Je transigerais bien à vingt. À combien estimez-vous les dégâts occasionnés ici ?

Le flic a repassé sa langue sur sa moustache, et s'est fendu d'un vrai sourire.

– Si vous étiez arrivés cinq minutes plus tôt, il vous aurait demandé le prix de la Grande Mosquée, si on attend encore un peu il deviendra raisonnable. Mais je ne transigerai pas sur le pourcentage.

– Où il est, monsieur Souadi ?

– Dans la cuisine en bas, avec un de mes gars.

J'ai compris en un éclair que le gros flic était un renard, un animal des rues, rusé et patient, qu'il avait isolé Souadi, m'avait attendu tranquillement, avait laissé Karen prendre son bain, et avait fait les comptes. Souadi devait se faire soûler par un flic afin qu'il ne porte pas plainte, et attende que le roumi sorte le pognon.

J'étais tombé dans son piège, au sergent Messaoud, mais son piège était ma porte de sortie. Il n'y aurait aucune trace de l'incident sur les registres de la police de Rabat, c'était tout ce que je voulais.

J'y suis allé largement, je ne voulais pas qu'ils changent d'idée dans la nuit, mais au contraire qu'ils puissent boire à n'en plus finir sur mon compte. J'ai craché mille dollars à Souadi pour sa télé toute neuve, plus mille pour le reste, y compris sa bienveillante magnanimité. J'en ai lâché cinq cents au sergent Messaoud et sa patrouille, ça m'avait coûté la moitié de l'Audi, cette connerie.

Quand les gyros eurent disparu dans le dédale des rues, et que monsieur Souadi eut vidé les lieux avec son pognon, je suis rentré dans la salle de bains plongée dans l'obscurité. Une petite lumière ultraviolette rayonnait doucement dans la pénombre.

Je sais que c'est un des phénomènes physiologiques que les toubibs avaient diagnostiqué lors de leur traque aux porteurs du virus Schiron-Aldiss. Durant les crises aiguës d'état augmenté, genre NDE, le nerf optique émet un très faible rayonnement ultraviolet, d'après ce que disent les médecins ça pourrait créer des cancers locaux ou d'autres lésions dans le cerveau, mais en fait ils n'en savent rien. Ce qu'il y a de sûr c'est que ça change notablement la chimie du nerf optique et que c'est décelable par toute cellule active d'empreinte rétinienne, par exemple.

Dans l'obscurité, on perçoit généralement un léger voile mauve et vaguement lumineux sur la pupille et le cristallin, mais là, j'avais carrément l'impression qu'on avait allumé deux lampes à UV derrière les os de son crâne.

Elle se tenait toute droite, immobile dans l'eau stagnante de la baignoire, où les microvibrations de son corps et de sa respiration ralentie engendraient des irisations bleutées.

– Karen ? j'ai demandé, Karen, ça va ?

Je me suis approché d'elle et j'ai vu que son regard

fixait un point situé au-delà de ce monde, dans la direction opposée de celle d'où je venais. Elle était raide comme un Frisbee, sa bouche était entrouverte. Elle n'allait pas bien, non.

Two for the show...

Le lendemain matin, j'ai laissé Karen à l'hôtel, avec une double dose d'epsilon dans la tronche, entre-temps Souadi nous avait changés de chambre et je suis allé m'occuper de la partie suivante de l'opération.

Au cas où les flics d'Europol élucideraient notre deuxième identité factice, et remonteraient jusqu'à notre traversée du Maroc, il fallait que le « couple suisso-canadien » continue son périple à l'opposé de là où nous allions nous échouer, sous une troisième et dernière fausse identité.

Primo acheter deux billets d'avion pour le Brésil. J'ai trouvé ça dans une agence de voyages du centre-ville, pour environ cinq cents dollars chacun. Vol de nuit sur un charter Amsterdam-Rio, via Rabat.

J'ai pris un taxi qui m'a reconduit à l'hôtel.

Karen était toujours allongée sur le lit, assommée par la double dose d'epsilon, mais elle bougeait vaguement.

Je me suis approché d'elle et j'ai vu qu'elle était

moins pâle et que ses yeux étaient presque revenus à la normale, mais elle ne dormait pas. Faudrait sûrement sacrifier une troisième dose pour qu'elle trouve le sommeil.

J'ai saisi qu'elle était à demi consciente et qu'elle parvenait à m'entendre et à comprendre ce que je disais.

J'avais acheté du jus d'orange, de l'aspirine et de quoi manger. Il n'y avait rien d'autre à faire en attendant. Il fallait qu'elle bouffe, avale des vitamines et un tube d'Aspro, si jamais une crise se redéclenchait, le kif était dans le placard sous l'évier, et si ça ne passait pas elle prendrait autant d'epsilon que nécessaire. Elle a murmuré quelque chose en hochant la tête. Elle avait compris.

Je suis allé ensuite dans le centre-ville, pas loin des terminaux de cars. Je savais que c'est dans ce genre de coin qu'on trouve des revendeurs de billets d'avion à la sauvette. Les deux billets d'avion pour le Brésil, sur la compagnie de charter indonésienne, je suis arrivé à les revendre à un couple de voyageurs anglo-saxons, des Néo-Zélandais, à ce que j'ai compris, pour la moitié du prix. Ils partaient demain après-midi à bord d'un Boeing, j'espérais que cet avion enverrait d'éventuels pisteurs de l'autre côté de l'Atlantique, pendant que Karen et moi on irait se cacher au cœur de l'Asie du Sud.

Lorsque je suis rentré à l'hôtel, Karen grignotait un fruit en laissant se désagréger une bonne demi-douzaine d'Aspro dans une chope de bière remplie de flotte. Elle a englouti le verre, l'a reposé vide, a émis un petit rot, puis s'est remise à grignoter sa figue de barbarie.

Ses yeux étaient revenus à la normale, mais son regard était éteint, la peau de son visage était pâle, j'y distinguais des veinules que je n'avais jamais vues auparavant.

Je me suis assis à côté d'elle sur l'accoudoir d'un vieux fauteuil sans style, genre pièce survivante d'un ensemble Tousalon, et j'ai commencé à rouler un joint. C'était un truc clair dès le départ entre nous, il n'y aurait pas de gestes de commisération l'un envers l'autre, pas de jérémiades, juste des faits, de l'action, du concret. Je me suis mis à lui faire la conversation, comme si rien ne s'était passé.

– Nos amis les Suisses-Québécois prennent l'avion demain. J'ai trouvé deux pigeons qui correspondent à peu près à notre description, suffisamment pour conduire les flics à Rio. J'ai pas pu trouver mieux que des Néo-Zélandais, les flics se rendront vite compte du truc et ça écourtera d'autant la vie de cette fausse piste, mais bon, c'est mieux que rien...

Elle n'a rien répondu. J'ai commencé à tirer sur le gros cône.

Une senteur lourde et pénétrante, musquée et mystérieuse, a rapidement envahi la pièce.

– On va accélérer notre départ, vu ton état… On va partir demain, nous aussi… Et on prendra le bateau ici, à Rabat.

Elle n'a rien répondu tout de suite, mais elle a reposé sa figue à peine entamée, a avalé difficilement une micro-bouchée, puis elle s'est éclairci la gorge.

– Non… On avait prévu… le plan par Agadir… On fait ce qu'on avait prévu.

Ce qu'on avait prévu, c'était prendre un bus jusqu'à Agadir, séparément, à quelques heures d'intervalle, deux jours après le départ des deux leurres pour Rio, s'y rejoindre pour prendre un bateau jusqu'à Saint-Louis-du-Sénégal, puis un autocar jusqu'à Dakar et de là un vol jusqu'au Cap, puis Bangkok, via une destination encore indéterminée, que je m'étais laissé libre d'apprécier selon la situation.

C'était ce que j'avais prévu, mais maintenant que j'étais dans la situation, et que des éléments nouveaux s'y greffaient, comme la mégacrise de Karen, j'étais en train de changer d'avis, je trouvais ça compliqué, et cher pour pas grand-chose, les finances baissaient, les doses de T-Vector aussi, fallait au moins sauter une étape.

– Non, j'ai fait, on prendra le bateau demain comme j'ai dit.

Elle a poussé un soupir.

– Qu'est-ce que tu veux économiser ? le trajet en bus… jusqu'à Agadir ?

J'ai réfléchi une minute à ce qu'elle disait. C'était loin d'être con. S'il fallait sauter une étape, autant en sauter une grosse, genre Dakar ou Le Cap.

Non, Le Cap c'était une bonne idée, c'était hyper-loin de l'Europe et hors de la sphère d'influence française, il faudrait partir d'Agadir directement pour l'Afrique du Sud, avant d'enquiller pour Bangkok. Supprimer la croisière en bateau jusqu'au Sénégal – où est-ce que j'avais été pêcher ça ? – et partir d'Agadir pour Le Cap, c'est ça qu'il fallait faire.

Il y avait un petit terminal Internet dans le salon de l'hôtel au rez-de-chaussée, je suis allé voir illico ce qu'il en était. Il y avait un vol par semaine joignant Agadir et Le Cap, via deux escales en Afrique noire, le prochain était dans trois jours, on avait juste le temps d'y aller et de passer une nuit à l'hôtel.

Le bus, c'était pour des raisons d'anonymat, je ne voulais pas griller notre troisième jeu d'hypercartes en louant une bagnole à Rabat pour la laisser à Agadir. Mais l'autocar, vu l'état de Karen, ça me semblait parfaitement déraisonnable.

Je ne suis pas arrivé à prendre une décision. On s'est couchés, j'ai filé une de mes doses d'epsilon à Karen et on s'est endormis.

Le neurovirus m'a laissé tranquille cette nuit-là, je n'ai fait aucun rêve, enfin rien dont je me souvienne.

Le lendemain matin, quand on s'est levés, j'ai constaté qu'elle était un poil plus en forme, elle a mangé un peu, bu des jus de fruits. Moi je n'avais pas eu de révélation liée à un état augmenté, je ne savais toujours pas quoi faire. Ça me faisait hyper chier de louer une bagnole ici.

Depuis qu'on s'était lancés dans la clandestinité, forcée je précise, Karen et moi, on avait toujours tout patiemment décortiqué comme de vrais scientifiques, concevant un savant dosage de vraies et fausses pistes destinées à nous protéger le temps qu'il fallait, puis à égarer les flics.

Pendant ce temps-là, on s'était efforcés d'apprendre à changer d'identité en un tour de main. Pour ma part, j'avais grossi de plus de huit kilos depuis ma sortie du Foyer spécial, je m'étais acheté des lentilles bleues, je m'étais teint en blond punk, je m'étais laissé pousser la barbe, mais j'effectuais toujours les braquages le visage masqué. Par contre, c'est sous ce visage que j'avais loué des bagnoles par deux fois. Lui, l'homme aux yeux bleus, aux cheveux teints et la barbe noire avait disparu quelque part entre la région parisienne et la côte normande. Mais quand j'étais monté dans l'Audi à Bayeux, je m'étais rasé dans les toilettes du train, j'avais jeté mes lentilles dans les chiottes et je portais une casquette pour couvrir mes cheveux. À Algésiras j'avais tout reteint, pour qu'ils reviennent à leur couleur d'origine, noirs.

Je comptais me mettre au régime sévère, genre speedomane qui mange deux yaourts par jour. Celui-là, ce type qui ressemblait un poil plus au cliché du Centre de regroupement, allait disparaître à Rabat.

Faudrait encore changer d'apparence pour le dernier tronçon du voyage. Après, l'idée, c'était de se fondre dans le mélange de populations cosmopolites de l'Asie tropicale. Plus personne n'entendrait parler de nous dans ce beau pays de cocagne qu'est la France.

On était en train de prendre notre petit déjeuner, et je pensais à tout ça, je compilais les données comme un malade, j'essayais de trouver une solution autre que l'autocar, la voiture louée, ou achetée. Y avait bien le stop, mais je voulais être sûr d'arriver à Agadir dans les temps. Je pouvais essayer de trouver des gens qui descendaient vers le sud en bagnole en leur proposant de partager les frais, mais ça ne valait pas le coup de se passer de l'autocar pour ça, on se souvient plus précisément de quelqu'un dont a partagé la banquette arrière d'un 4 × 4 que d'un quidam assis dans le coin d'un bus…

J'ai regardé Karen et j'ai cherché longuement mes mots pour lui demander ça gentiment. Je me suis finalement rabattu sur la banalité la plus crue.

– Ça t'ennuie de voyager en car aujourd'hui ?

Son regard était lointain quand elle s'est tournée vers moi, elle buvait à petites gorgées un bol de cacao.

– Dis-moi, elle a fait, tu sais que les types de la station Mir ont eu droit à vingt-quatre heures de sursis ?

Je l'ai regardée un instant sans répondre.

Je voyais qu'elle avait du mal à prendre pied dans la réalité. Pourquoi elle me parlait de Mir ? Les images de mon propre rêve ont ressurgi en une vague de souvenirs hypercompressés.

– Pour l'autocar, t'es d'accord ? j'ai dit sans rien laisser paraître.

– Y paraît qu'ils ont eu une vision qui leur a expliqué comment remettre en marche un petit réacteur auxiliaire de la station... Ils ont regagné de l'altitude et amoindri leur angle d'entrée.

Une vision ? je me suis demandé. Comment elle savait ça, nom de Dieu, on n'avait pas allumé la télé depuis hier, et hier elle était trop dans le colletard pour simplement mater le match de foot avec moi. Et puis je n'avais pas regardé de journaux télévisés, de peur de retomber sur nos tronches, je m'étais dit que je m'occuperais de ça demain ou les jours qui viendraient...

– Quelle vision ? j'ai simplement demandé.

– Une vision. C'est ce qu'ils m'ont dit, mais je crois aussi que c'est ce que j'ai capté sur la télé.

– Sur la télé ?... *Ce qu'ils t'ont dit ?*

Je lisais dans ses yeux comme un miroir de mon incrédulité angoissée, non, j'y décryptais, comme si elle était lassée par tout ça, je ne suis pas folle, tu sais très bien que nous ne sommes pas fous... j'ai juste vu quelque chose...

Je n'ai rien dit. Qu'est-ce que je pouvais répondre ? Moi aussi j'avais rêvé de la station Mir, j'y avais même vu un jazzman mort qui leur avait dit que...

– Quelle vision ? j'ai demandé abruptement. Qu'est-ce qu'ils ont vu, les cosmonautes ?

Elle m'a dévisagé, comme authentiquement surprise par mon intérêt pour tout ça.

– Ils ont vu quelqu'un.

– Qui ?

– Un fantôme. Quelqu'un de mort.

– Qui ça, bon Dieu ?

J'avais craché ça d'une voix tendue, rageuse.

J'ai vu que je lui faisais presque peur.

– Un musicien.

– Un musicien ?

– Oui.

– Un saxophoniste ? Noir ? Un jazzman du XXe siècle ? *Albert Ayler* ?

Elle m'a regardé, réellement surprise, j'ai vu comme un éclat d'espoir dans son regard, un regard d'amour, qui disait : ah, toi aussi ?

– C'est ça, elle m'a répondu.

Ne comptez pas sur moi pour vous expliquer en détail l'origine et le fonctionnement des phénomènes relativistes auxquels nous confronte le neurovirus de Schiron-Aldiss. Je ne sais pas pourquoi j'ai fait le même rêve vingt-quatre heures avant Karen. Et je ne sais pas non plus pourquoi ce rêve a eu des conséquences bénignes pour moi, et gravissimes pour Karen. Tout ce que je sais, c'est que pour elle, le rêve ne s'était pas arrêté sur le réveil du room-service. Le jazzman mort leur avait expliqué en détail comment réparer le petit réacteur qu'ils n'arrivaient plus à faire démarrer, y compris après deux sorties en EVM infructueuses. C'est Karen qui était sortie réparer le petit module défaillant, ensuite, le jazzman leur avait raconté une partie de sa dernière journée, cette fatale journée de novembre 1970, puis il avait expliqué que la station allait pouvoir reprendre un peu d'altitude, mais qu'elle ne gagnerait que vingt-quatre heures de sursis.

– Pourquoi ? j'avais demandé.

Karen sirotait un jus de fruits hypervitaminé. Je voyais qu'elle faisait des efforts constants pour lutter contre la déprime post-NDE.

– Parce qu'il faut respecter l'équilibre thermodynamique local, elle avait répondu.

J'avais tout de suite senti qu'elle ne comprenait pas vraiment ce qu'elle disait, mais qu'elle répétait mot pour mot quelque chose qu'elle avait entendu précédemment.

Je n'y comprenais pas grand-chose non plus.

Elle n'a pas attendu que je lui pose la question.

– C'est une question fondamentale, c'est comme un truc harmonieux qu'on ne peut pas détruire, tu vois ?

– Non, je vois pas.

– Si les gars de la station gagnent vingt-quatre heures de sursis, il faut que quelqu'un d'autre les perde.

J'ai réprimé un frisson :

– Qui ?

Elle a un peu hésité, je voyais qu'elle cherchait à se remémorer l'expérience telle qu'elle l'avait vécue, avec son impression de réalité.

– N'importe qui… euh, n'importe qui relié à l'autre bout de la chaîne…

– Quelle chaîne ?

Là son visage s'est fermé.

– Je ne sais pas... Ça a un rapport avec le neurovirus évidemment, mais... C'est comme une chaîne, Albert Ayler dit que c'est comme une double hélice d'ADN, mais qu'il s'agit en fait d'une structure cachée à l'intérieur de la réalité... C'est comme... c'est comme une image cryptée, un *code fractal*... ? Mais je sais pas ce que ça veut dire, les gars de la station ils avaient l'air de comprendre, ils en croyaient pas leurs yeux et leurs oreilles...

J'ai essayé d'intégrer l'information mais ça m'échappait pour la plus grande part, j'avais lu quelques trucs sur l'ADN dans les bases du Centre 14, mais j'en savais juste assez pour me fabriquer une image-maquette mentale, genre le petit biochimiste.

Mais quelque chose de plus intime m'est revenu.

– Dis-moi, cette double hélice, elle a pas un rapport avec nos rêves ? Tu sais, nos visions de doubles serpents enroulés, ou de dragons-fantômes hantant des bibliothèques ?

On en avait souvent parlé Karen et moi, et j'en avais touché deux mots à Cohen-Solal, quelques semaines avant notre transfert au Foyer spécial.

Je ne me souviens plus de ce qu'il avait dit au début, mais devant la précision fulgurante de nos visions, à un moment donné il avait juste murmuré :

– Le Serpent cosmique...

– Quoi ? j'avais fait.

– Rien... une théorie... mais ce genre de bouquins est désormais d'un accès classé...

– Quelle théorie, docteur ? j'avais insisté.

– C'est compliqué... La figure du serpent, voire du double serpent, se retrouve dans toutes les mythologies et dans la plupart des grandes religions du monde, de l'Ancien Testament aux Codex mayas, des rites chamaniques sibériens aux mythes scandinaves, des expériences mystiques aborigènes aux racines de l'hindouisme... Un ethnologue américain de la fin du XXe siècle a élaboré une théorie très intéressante sur les rapports existant entre l'ADN et certains « états augmentés de la conscience », un peu comme les vôtres, sauf qu'ils sont déclenchés sciemment en avalant une mixture hallucinogène dont les Indiens de la forêt amazonienne se servent... Le truc qu'avait constaté Narby, c'est que les Indiens connaissaient avec une précision incroyable leur écosystème proche, jusqu'à la localisation exacte de certaines plantes rares ou animaux, ainsi que leurs effets pharmacologiques, le tout à l'intérieur d'un véritable « chaos contrôlé », ce qu'est la forêt vierge, et Narby avait réalisé qu'il leur était impossible d'avoir pu élaborer cette formidable « banque de données » selon les moyens empiriques des civilisations « néolithiques »... Mais en allant plus loin, Narby a découvert le truc le plus surprenant :

c'est grâce à l'hallucinogène que les Indiens connaissaient tout ça. Grâce à l'ayahuasca, ils parvenaient à une base de données intérieure et secrète qui leur décodait tout un tas de connaissances... Narby a expérimenté l'hallucinogène et il a constaté que les visions de serpents étaient récurrentes, il a élaboré toute sa théorie sur l'analogie entre le double serpent et la structure de l'ADN, il pense que l'ADN contient une véritable banque de données cosmique sur la nature de l'univers et que le cerveau, grâce à certaines molécules, peut « décoder » des bases de données encore « cachées ».

J'avais réfléchi à tout ça pendant de longues minutes. À la fin, j'avais demandé :

– Docteur... Vous croyez que, nous aussi, nous entrons en communication avec le serpent de l'ADN ?

Il m'avait regardé intensément, sans rien répondre. Ça m'avait suffi pour piger ce qu'il en pensait.

Le docteur Cohen-Solal ne professait pas ce genre de théories en public, il aurait été passible dans l'heure de « propagande pour les substances narcotiques », et je crois bien qu'il n'en parlait à personne de son entourage professionnel, à l'intérieur du Centre. Il se livrait à quelques expériences personnelles, la nuit ou pendant les heures creuses, dans de petits locaux discrets de l'hôpital. Il s'occupait d'une dizaine de porteurs du virus, je lui avais demandé de faire rentrer Karen dans son groupe et il s'était démerdé pour la retirer à un autre toubib, je l'avais remercié comme j'avais pu. Je me souviens qu'il avait analysé en profondeur la nature du rayonnement ultraviolet que le nerf optique déclenchait lors des phases d'état augmenté. Il m'avait dit qu'on savait depuis la fin du XXe siècle que l'ADN produisait une émission de photons ultrafaibles appelés biophotons. Le truc le plus étonnant entre tous, c'était que l'ADN émettait *très exactement* dans le spectre de la lumière visible, plus l'infrarouge et l'ultraviolet, et le docteur Cohen-Solal voyait là l'impossibilité d'un quelconque « hasard », mais bien plutôt l'expression d'une « nécessité » encore secrète. Le docteur Cohen-Solal était en plein milieu de ses expériences lorsqu'on nous avait transférés brutalement au Foyer spécial, nous, les quatre-vingt-huit porteurs du virus.

Mais je me suis rappelé les quelques enseignements de base qu'il en avait tirés, en particulier sur l'effet de certaines vitamines.

C'est pour ça que je bourrais littéralement Karen de jus de citron et d'orange, de fruits de toutes sortes, j'en achetais plusieurs kilos par jour. Moi je fumais du kif et je bouffais des yaourts, je commençais à perdre ma graisse.

Le temps était lourd et le ciel s'était couvert d'une brume lumineuse lorsqu'on est arrivés au terminal de bus. On a acheté nos billets séparément pour deux cars qui partaient à une heure d'intervalle. Karen n'allait pas trop mal, je lui avais préparé deux litres de jus polyvitaminés dans des bouteilles d'Évian en plastique recyclo, elle venait de s'envoyer une demi-dose d'epsilon (on avait commencé à rationner) et trois ou quatre Aspro, elle pourrait faire le voyage dans des conditions potables.

Elle avait revêtu un sweat orange et un jogging noir, plus une paire de lunettes noires mercurisées. Je ressemblais du mieux que je pouvais à un jeune réalisateur de la télévision italienne.

Juste après l'achat des billets, je me suis rendu compte que je n'avais plus de clopes et vu que je comptais épuiser ma dose de kif pendant le voyage (durant les pauses pipi j'aurais le temps de me griller un cône discretos) et sur les plages d'Agadir, je lui ai dit qu'il fallait que je m'achète des cigarettes. Au Maroc, la vente du tabac est toujours légale et pratiquement pas réglementée, je n'ai eu à présenter aucune ordonnance médicale, et pas plus de passeport ou d'autorisations spéciales. J'ai acheté deux ou trois paquets de Marlboro made in India avec du liquide local et on est ressortis.

Y avait pas foule dans la petite rue, on a marché en direction du terminal, peinards, le car qu'allait prendre Karen partait dans vingt minutes.

On arrivait au croisement de la rue avec l'avenue des terminaux d'autocars, lorsqu'un petit coup de klaxon m'a fait me retourner vers la chaussée, Karen n'y a même pas fait gaffe.

Une voiture s'est garée le long du trottoir, une vieille Toyota du XXe siècle toute pourrie. J'ai reconnu immédiatement la masse de chair brune, les Ray-Ban et les bacchantes.

Le sergent Messaoud avait mis le coude à la portière. Il était en civil, et en solo. Son sourire était ouvert comme la gueule d'un crocodile.

– Bonjour, m'sieurs dames... Vous vous offrez un petit détour par Agadir pour votre voyage en Afrique du Sud ?

J'ai tout de suite pigé qu'y avait embrouille.

Le gros flic savait qu'on allait à Agadir, c'était pas normal, et ça me foutait la trouille. Karen s'est arrêtée plusieurs mètres plus loin avant de percuter, elle s'est retournée à son tour, puis s'est lentement rapprochée.

Je regardais Messaoud en essayant vainement de décrypter son regard masqué par le verre noir des Ray-Ban.

– Ma femme se sent légèrement mieux, nous allons nous offrir un ou deux jours au calme au bord de la mer avant le départ, j'ai fait, sans grande conviction.

– Bien sûr, a répondu le sourire de crocodile, c'est la morte saison, vous serez tranquilles à Agadir, c'est pas comme au Cap.

J'ai compris qu'il m'envoyait un signal on ne peut plus clair : je sais que vous allez à Agadir, essayez pas de me bourrer le mou avec votre histoire de toubib en Afrique du Sud.

En une microseconde, mon cerveau survolté par l'urgence a compilé trois millions de lignes de codes. Un programme banzaï qui disait : pour quelle raison stupéfiante de connerie j'ai parlé à ce flic d'Afrique du Sud, et pas du Brésil – parce que sur le moment t'as marché à l'instinct et à l'authenticité fut la réponse –, mais maintenant qu'il savait aussi qu'on allait à Agadir, il représentait un danger, une grave menace pour l'ensemble du plan de fuite. Il nous avait vus sous notre troisième jeu d'apparence, il en savait beaucoup trop, j'avais un gyrophare d'alerte qui tournoyait comme une brute au centre de mon cerveau. Comment il avait fait, cet enfoiré, peut-être nous avait-il simplement vus en train d'acheter des billets au terminal alors qu'on était censés embarquer dans un avion pour Le Cap (sans parler des deux pigeons possesseurs de billets pour le Brésil).

Le sourire de crocodile s'est ouvert de nouveau.

– Ah ! au fait, je dois vous remercier pour l'autre nuit, vous avez été très généreux, vraiment, très généreux...

Là, c'est l'image d'un tiroir-caisse qui s'est cristallisée dans mon esprit. Le salaud voulait remettre ça, il avait deviné ou juste senti quelque chose, il y allait sûrement au bluff, cet enculé, mais je ne pouvais pas en être sûr. On était sérieusement coincés, je me suis dit.

C'est à ce moment-là que Karen s'est retrouvée à côté de moi. Elle s'est légèrement penchée vers la portière et a murmuré :

– Bonjour, sergent Messaoud, vous vous promenez dans le quartier ?

– J'ai appris que vous vous étiez rétablie, chère madame, faites attention si vous prenez un bain de mer à Agadir, l'eau de l'Atlantique est très froide à cette période de l'année.

Là, j'ai tout de suite vu que Karen se figeait. Elle n'avait pas entendu notre petit dialogue à Messaoud et moi alors elle m'a regardé un instant l'air interrogateur, mais elle s'est vite reprise.

– C'est très exactement ce qu'il me faut au contraire, des bains de mer pas trop chauds, le docteur Azincourt me l'a conseillé.

Excellent, j'ai pensé.

Mais le sourire de crocodile s'est fermé. J'ai compris

que le sergent Messaoud allait passer une vitesse supérieure.

– Je vous conseille de monter tous les deux dans ma voiture, il a fait sur un ton égal.

J'en ai frissonné.

– Pourquoi ça ? a demandé Karen.

– Écoutez, sergent, j'ai commencé, si le dédommagement de l'autre nuit vous a paru insuffisant, je suis prêt à...

– Montez dans la voiture, il a jeté à peine plus fort, j'ai vu que sa main ouvrait tranquillement l'étui du flingue qu'il portait à la ceinture.

Si on insistait, il descendrait et nous passerait les bracelets, j'ai pensé. Mais je n'arrivais plus vraiment à produire de pensées cohérentes, j'étais paralysé, ce n'était pas prévu, cette merde.

Je ne sais pas pourquoi tous les détails se sont cristallisés en moi à cet instant, peut-être parce que je pensais que c'était foutu, un peu comme une petite mort, je n'en sais rien. Tout ce dont je me souviens, c'est que je voyais la foule bigarrée qui s'attroupait aux abords des autocars à trois ou quatre cents mètres de là, le flot assez fluide des bagnoles qui roulaient sur l'avenue, les quelques passants qui se croisaient derrière nous, sur le trottoir, devant la façade de l'immeuble moderne et anonyme qui faisait le coin avec la petite rue déserte qui menait au bureau de tabac-drugstore-épicerie.

C'est à ce moment-là que Karen s'est de nouveau penchée vers la portière et qu'elle a soufflé :

– Espèce d'enculé.

Sur le moment, c'est comme si le monde s'était effondré sous mes pieds. J'ai ressenti comme un vertige et une grosse bouffée de chaleur. Oh, putain, émettait une petite voix nasillarde dans mon esprit, cette conne est en train de nous envoyer direct au ballon.

La réputation des geôles marocaines n'est plus à faire. Je n'avais pas envie de faire le guide Gault et Millau des cellules de Kénifra.

Mais aussitôt après, il y a eu un truc bizarre, un peu comme un flash d'appareil photo, un éclair violacé qui est resté gravé quelques instants sur ma rétine. Au même moment j'ai entendu Karen dire un truc bizarre au sergent Messaoud.

Je ne pourrais pas décrire ce que c'était. Ce n'était pas humain. On aurait dit du code digital pur, comme si un modem lui avait été greffé à la place des cordes vocales. Ça n'a pas duré longtemps. Un jet à haute fréquence de cinq à dix secondes, pas plus.

Je ne pouvais pas bouger, je voyais Karen figée comme une statue de glace devant la vitre baissée de Messaoud. Et j'ai vu Messaoud se raidir lui aussi, derrière ses Ray-Ban j'apercevais comme un grésillement de lumière ultraviolette. Il a ouvert la bouche, a tenté de dire quelque chose, sa main s'est crispée sur son étui, il a essayé de bouger, s'est un peu agité sur son siège, puis s'est affaissé d'un coup sur lui-même. Sa casquette a légèrement glissé en avant, recouvrant son front, la visière tombant sur ses lunettes.

On aurait dit qu'il se tapait une petite sieste, si ses mains ne s'étaient pas raidies ainsi, comme un métal couleur chair.

J'ai retrouvé l'usage de ma conscience et de mes réflexes presque aussitôt. Mes yeux ont balayé l'espace tout autour de nous. Personne n'avait assisté directement à la scène. Sur notre droite approchait un groupe de passants, à environ cinquante mètres, des lycéens et lycéennes surtout ; à notre gauche, encore plus près, arrivaient une grosse Berbère et sa marmaille, suivies par un groupe de jeunes touristes mélangés à quelques guides locaux.

J'ai pris Karen par la taille et je l'ai forcée à me suivre. Elle marchait lentement, comme une convalescente. Derrière ses lunettes mercurisées je ne distinguais rien, mais il me semblait bien apercevoir par instants de petits pixels violets qui bouillonnaient avec intensité.

Je lui ai fait faire le tour de la caisse par l'avant et on a traversé, sans regarder derrière nous, on s'est faufilés dans la circulation et je me suis enfoncé dans l'ombre qui tombait sur le trottoir d'en face. On a marché tranquillement, enfin du mieux qu'on pouvait, en direction du terminal d'autocars, on a retraversé, puis on est montés dans le bus qui partait pour Agadir. Je ne pouvais pas prendre le risque d'attendre une heure, on s'est assis côte à côte, au fond du car. Je ne lui ai posé aucune question. Le car passait devant la bagnole de Messaoud lorsque j'ai aperçu quelqu'un, un type assez vieux et fringué comme un fonctionnaire de l'État, se pencher avec inquiétude vers la portière.

Arrivés à Agadir, on est allés se changer dans les toilettes de la station. Si j'avais eu le temps de planifier le truc, on aurait fait ça à Rabat, je me suis dit, mais c'était trop tard pour y penser.

On est allés bouffer dans un petit restau qui donnait sur la plage déserte, on était quasiment les seuls clients, à part deux couples d'Allemands à l'autre bout de la salle. Fallait réfléchir sérieux à la suite des opérations. À un moment donné, la télévision a diffusé un flash d'informations que regardaient les serveurs dans l'arrière-salle. De là où on était, j'ai pu jeter un coup d'œil et j'ai vu la gueule du sergent Messaoud prendre possession de l'écran. Je ne pigeais pas l'arabe mais je me suis douté du contenu du commentaire.

Si jamais des témoins se souvenaient avoir vu le sergent discuter avec un couple d'Européens, il y aurait de fortes probabilités pour que notre signalement les conduise à Agadir. Le plan avion pour Le Cap était à moitié grillé. C'était trop risqué. On avait tué un flic, on avait plus droit à l'erreur.

Pendant le repas, Karen n'a pas décroché un mot, moi non plus.

Je réfléchissais en continu sur la suite des opérations. Fallait improviser, et je déteste improviser.

Je me suis résolu à griller le plan « fausse piste pour Rio ». On continuerait à utiliser le deuxième jeu d'identité pour sortir au plus vite du Maroc. Fallait trouver un bateau pour le Sénégal comme prévu initialement, ou se rabattre sur l'avion, plus rapide, puis du Sénégal partir pour un autre pays d'Afrique noire, genre Nigeria, grosses concentrations urbaines, beaucoup de corruption, et de là partir sous la troisième identité pour Le Cap.

Il fallait que demain soir, au pire après-demain matin, on soit sortis du pays.

On était dans la piaule de l'hôtel lorsque je me suis décidé à lui poser la question :

– Qu'est-ce qui s'est passé exactement avec le flic, à Rabat ?

Karen semblait épuisée, et je voyais bien que l'epsilon ne faisait quasiment plus effet, mais j'avais envie de savoir, juste comme ça, comme lorsqu'on veut être affranchi sur le score exact d'un match dont on connaît le vainqueur.

Elle a rien répondu tout de suite, elle était allongée sur le lit, j'étais assis dans un fauteuil face à une version française d'*X-Files* sur une chaîne euro-arabe.

– Comment t'as fait ? j'ai redemandé. Tu savais que tu allais le tuer ?

Elle a poussé un soupir pour toute réponse, puis elle s'est étirée, comme une sorte d'hybride femme-félidé, un truc qu'elles savent faire à merveille.

– Dis-moi, tu veux pas mettre CNN ? elle a simplement lâché.

J'ai marmonné quelque chose, mais j'ai zappé sur le canal robinet-à-news. Les images de la guerre de Sécession chinoise explosèrent en gerbes de napalm sur l'écran, des chars et des avions bombardaient une position des rebelles ouïgours, des guérilleros tadjiks et kashmiris attaquaient une colonne de l'armée de Pékin quelque part vers la passe de Chimshal. Le monde suivait son cours. Je me suis roulé un petit stick.

– Comment t'as fait, j'ai demandé à nouveau, avec

une patience née de la lassitude, qu'est-ce qui se passe avec le neurovirus ?

Il y a eu pas loin d'une minute de silence. Les Mig et les Antonov chinois continuaient d'écraser les villages ouïgours sous les bombes, des écoles flambaient comme des boîtes d'allumettes, de longues armées de réfugiés fuyaient sur les routes en direction du Kirghizstan tout proche, régulièrement prises pour cible par les avions d'assaut du gouvernement néocommuniste, l'ONU était en train de voter une résolution, le train-train.

Puis j'ai entendu un mouvement, de l'air qu'on déplace, et son souffle est venu caresser ma nuque. Dans un vague reflet sur l'écran, j'ai pu voir qu'elle s'était retournée de telle façon que son visage arrive au pied du lit, juste derrière le fauteuil où j'étais assis.

– Ne te préoccupe plus du neurovirus, chéri, elle a fait, c'est un problème réglé.

Je me suis tourné vers elle. Je voyais son profil à quelques centimètres de mon visage, éclairé par les flashes de la télévision, chaque fois qu'une grosse bombe à propane chinoise accomplissait son boulot.

– Un problème réglé ?

Elle m'a lentement fait face et c'est à ce moment-là que j'ai perçu comme une trace résiduelle de lumière ultraviolette dans ses yeux. Plutôt une reprise d'activité, j'ai pensé.

– Tu veux un autre epsilon ? j'ai demandé.

Elle me fixait de son regard bleu, dans lequel la lueur secrète s'agitait, comme tapie au fond de son terrier, et prête à ressurgir d'un instant à l'autre.

– Je t'ai dit que c'était un problème réglé, oublie ça.

Je l'ai observée avec intensité, je me fondais dans ce regard bleu azur innocent, où scintillait un éclat que je savais mortel, mais dont j'ignorais le mode d'emploi.

– Je t'écoute.

Elle restait impassible.

– Y a rien à ajouter, garde l'epsilon pour toi maintenant, j'en ai plus besoin...

J'ai émis malgré moi un petit rire assez sarcastique.

– Faudra prévenir le sergent Messaoud, il sera ravi d'apprendre que t'es guérie...

J'ai vu comme un éclair de colère, un éclair violacé qui a fulguré une microseconde, et j'ai bien remarqué qu'elle se contrôlait avec un effort louable, mais ses lèvres tremblaient un peu lorsqu'elle m'a jeté :

– Messaoud était un enculé, et un obstacle. Albert a accepté le sacrifice.

L'information a mis du temps à être digérée par mon cerveau.

– Albert ? Le sacrifice ?

– Oui, elle a fait dans un sifflement. Albert a accepté le sacrifice. La station Mir devrait avoir repris encore de l'altitude depuis la nuit dernière, c'est ça que je voulais voir sur CNN…

– Tiens… je croyais que tu pouvais te câbler sur la télé directement…

Elle a poussé un long soupir, devant tant de conneries, ça disait clairement.

– Ça, je contrôle pas encore… Pas très bien… Mais pour la Séquence du Dragon du Verbe, je crois que t'as constaté de visu son efficacité.

– La Séquence du Dragon…

– Du Verbe, oui mon petit père. C'est comme ça que l'appelle Albert. Il me l'a donnée en échange de quelques millions de neurones… C'est une arme.

Là, je dois avouer que j'en bavais des ronds de chapeaux.

– Des millions de neurones ? j'ai fini par souffler.

Un sourire a éclairé son visage. Ses yeux brillaient d'une lumière plus amicale, mais j'y percevais toujours la lointaine radiation du virus.

– Ça n'a aucune importance, mon temps de vie est plus que limité…

Ça, ça voulait dire, et le tien aussi, mais elle accomplissait des efforts méritoires à cet instant, j'étais bien dans l'obligation de le constater.

– Essaie de t'expliquer, merde.

C'était presque une supplique, je m'en suis rendu compte trop tard.

– Je sais pas... Je comprends pas tout ce que me dit Albert...

– Albert Ayler, le fantôme de la station ?

Elle ne m'a pas répondu, genre c'est pas la peine.

– Essaie de te rappeler en détail ce qu'il t'a dit, j'ai repris, soudainement tendu et concentré.

Elle s'est mise à réfléchir.

– Ben... déjà il dit qu'il est un nouveau modèle d'intercesseur.

– Un intercesseur ?

– Ouais, il dit qu'avant on appelait ça un ange.

J'ai avalé ma salive, si je le note c'est que je m'en souviens encore, ça avait du mal à passer.

– Un ange ?

– Ouais, c'est ce qu'il m'a dit...

– Qu'est-ce qu'il fout dans la station Mir s'il est un ange ?

Elle s'est mise à réfléchir de nouveau.

– Je sais pas exactement.... C'est le truc dont je t'ai parlé l'autre jour... L'équilibre thermodynamique, il joue un rôle là-dedans.

– Et toi, j'ai fait, quel rôle tu joues, bordel, tu vends tes neurones par millions ? Pour quoi faire ?

Là j'ai vu qu'elle masquait, elle n'appréciait pas trop l'allusion péripatéticienne vaguement sous-entendue.

– Je vends rien, elle a répondu... j'échange. Pour nous sauver. Et aussi pour sauver la station.

– Explique.

Un nuage de pixels UV a tourbillonné autour de son iris. Je voyais bien que mon autoritarisme l'agaçait au plus haut point, mais je n'avais pas le temps de jouer au joli cœur.

– « Et maintenant, des nouvelles de la station Mir en déroute, grâce à nos correspondants en Europe, au CNES, à la cité des étoiles, grâce aussi à l'équipage de la station Alpha qui orbite de l'autre côté de la Terre, ainsi qu'aux responsables de la NASA que nous interrogerons en duplex... et sans oublier le dernier-né des usines Campbell Aerospace Technologies, le satellite-robot Mad Dooog !!! »

La télé crachait un générique heavy metal sur fond d'images saccadées de la station, montées dramatiquement comme un miniclip vidéo.

Karen s'est redressée sur le lit, les genoux repliés sous elle, elle s'est mise à regarder l'écran avec nervosité.

Je me suis extirpé du fauteuil et je suis venu lentement sur le lit, je me suis blotti derrière elle et j'ai essayé d'être cool, j'ai mis mes bras autour de ses épaules dans un geste naturellement protecteur qui m'a sidéré moi-même. Son visage s'est calé contre le mien. Elle a enserré ses bras autour d'elle-même, à la rencontre des miens.

Sur l'écran, les images en provenance du réseau vidéo interne de la station Mir parvenaient au satellite de la CNN qui coorbitait à un ou deux kilomètres de là, un satellite suicide, que CNN avait acheté au prix fort et avait fait partir en catastrophe sur un lanceur indien, il suivrait la station quel que soit son destin et enverrait les images de la rôtissoire spatiale en direct depuis le feu de la haute atmosphère, grâce à sa coque en carbo-céramique spéciale, il résisterait au moins jusqu'à ce que la station ait explosé, et pourrait ainsi filmer sa chute le plus loin possible. Un truc qui attirait désormais des dizaines de sponsors publicitaires. Chaque soir, une spéciale « Mir On Earth », un méchant jeu de mots, suivait les cosmonautes dans leurs efforts pour rétablir la station sur une orbite viable. Le décompte fatidique, en leds digitales rouges sur le bas de l'écran, les séparant de la première fenêtre de tir d'Atlantis, assurait le suspense, les reportages montraient de vastes foules réunies dans des églises, en Russie, en Allemagne, en France, priant autour de milliers de cierges pour la survie de l'équipage ; les astronautes de la station Alpha, qui étaient en train de monter un module d'habitation sur la superstructure, envoyaient des messages d'encouragement à leurs congénères européens, à dix mille kilomètres de là, les commentateurs sortaient les violons, un trémolo dans la voix, on nous faisait le coup de la grande chaîne de la solidarité humaine, si les Ouïgours bombardés nuit et jour avaient l'occasion de mater la télé, ils devaient commencer à faire les comptes, combien de milliers de bébés chinois valaient un cosmonaute français, allemand, ou russe ?

Je n'ai pas eu le temps de procéder à l'addition.

Au moment de la première coupure publicitaire, elle s'est agitée, s'est décollée de moi et s'est rallongée sur les draps, la tête au pied du lit. Elle a attrapé une banane qui traînait dans un sac de plastique posé sur une table basse, à côté du fauteuil. Elle l'a l'épluchée consciencieusement et l'a mangée, le regard perdu dans les couleurs psychédéliques du dernier spot Coca-Cola. Je contemplais la chose avec tout un tas d'arrière-pensées érotiques.

– Ça marche comme un putain de réseau, elle a fait au bout d'un moment.

Je me suis détaché des images de la station en déroute.

– Quoi ? Qu'est-ce qui marche comme un putain de réseau ?

– Le truc. Le truc dont je fais partie. Avec Albert. Et l'équipage de Mir... Et toi aussi, un petit peu... Mais c'est moi qu'Albert a choisie en définitive...

– Il t'a choisie ?

– C'est ce qu'il m'a dit. C'est pour ça que ça marche comme un réseau... Albert est là pour sauver la station Mir, mais pour ça, faut qu'il réunisse plusieurs éléments, comme une chaîne... Il dit que c'est comme un alphabet qu'il faut construire, comme un code génétique, tu comprends ça, toi ?

J'ai réfléchi deux minutes, tout ce que j'avais lu dans les bases hypertextes, et tout ce que m'avait dit Cohen-Solal m'est revenu en mémoire.

Mais non, je ne comprenais pas.

– Albert dit que tout fonctionne en termes d'échanges symboliques, y compris dans les lois thermodynamiques les plus simples, tout est codé dans l'univers, voilà, ce sont ses mots... C'est pour ça que le truc marche comme ça : Albert Ayler, l'intercesseur, peut aider l'équipage à remettre en marche un certain nombre de fonctions essentielles, le temps qu'Atlantis arrive pour le sauvetage, disons dans dix jours si tout va bien... Mais pour ça il a besoin d'une « matrice de passage » dans la réalité. Albert dit que de tous temps la technologie des « anges » s'est servie des cerveaux humains pour ça.

Je n'ai rien fait remarquer. Je ne cherchais même plus à rationaliser, à trier les données comme j'avais appris à le faire depuis mon plus jeune âge, un simple moyen de survie au départ. Non, je laissais mon esprit admettre et intégrer tout ça dans une espèce d'osmose organique ; j'avais vu Karen tuer un flic sans même le toucher, ça faisait deux fois au moins que la station Mir était sauvée du désastre imminent, c'est sûr, il se passait quelque chose.

– Donc Albert a cherché un cerveau humain qui pourrait lui permettre d'interagir avec le réel, elle a repris. Enfin, un cerveau humain, mais un peu spécial…

– Ouais. Genre neurovirus de Schiron-Aldiss…

– C'est ça… Il a finalement porté son choix sur le mien. C'est ce qu'il m'a dit. Et je sais pas pourquoi… Mais c'est pour ça que j'apparais aussi dans la station, et que j'effectue toutes les opérations qu'Albert me dit de faire. Mais tout a un prix énergétique dans l'univers, c'est ce que dit Albert, c'est pourquoi ça me coûte des neurones. Mais on en perd chaque jour, à cause du neurovirus, et rien qu'en lisant un journal… alors…

Là, une sonnette s'est mise à tinter dans ma cervelle.

– Attends une minute… Qu'est-ce qu'ils foutent les trois gus pendant ce temps-là, ils jouent à la belote ?

– Ben… eux, ils sont chargés de faire un truc spécial pour Albert.

– Quel truc spécial ?

– Ben… autre chose. Et c'est pas ce qu'on voit sur CNN… Ce qu'on voit sur le réseau vidéo interne, c'est Albert qui explique que c'est bidouillé par ses soins, y a pas à s'en préoccuper, il peut recycler des milliards d'informations et les faire paraître pour plus vraies que nature…

– Dis-moi, j'ai fait, t'es sûre que c'est un ange ?

Son œil azur s'est teinté de curiosité, piqué au vif, avec une rayure ultraviolette.

– Qu'est-ce que tu veux dire ?

– Rien. Continue.

– Bon donc, les trois mecs de l'équipage, ils servent à Albert pour assurer sa rédemption.

– Sa rédemption ?

– Ouais, c'est un truc comme ça qu'il m'a dit. S'il les sauve, il saura pourquoi et comment il est mort, il pourra regagner la forme infinie.

– La forme infinie ?

– C'est ce qu'il m'a dit.

J'ai poussé un soupir. J'y entravais que dalle.

– Qu'est-ce qu'il t'a raconté encore, saint Albert ?

– Ben déjà il dit que justement il est pas un saint. Les saints ont une action constante sur le développement de l'humanité. Les anges comme lui sont des âmes perdues, des esprits qui n'ont pu être ramenés à la forme infinie.

– C'est quoi, ça ? j'ai jeté, c'est Dieu, ou un autre truc comme ça ?

– Je sais pas, elle a soufflé… Albert il dit la forme infinie. D'après lui, les anges de sa catégorie sont des entités provisoires, la forme infinie s'en sert pour empêcher, ou provoquer des catastrophes.

– Provoquer ? j'ai fait.

– Ben c'est ce qu'il m'a dit un jour.

– Un jour… ?

Là, j'ai vu qu'elle butait sur un truc.

– Je sais pas comment expliquer ça, tu sais, ça ressemble aux NDE pour ça, j'ai eu deux nuits de connexion mais j'ai l'impression d'avoir passé des semaines là-haut, c'est comme si le temps était… élastique ?

– Les anges ne sont pas faits pour provoquer des catastrophes, j'ai fait.

– Albert affirme que les anges ont deux visages. Il dit que de toute façon ils sont comme les différentes personnalités de quelque chose qui en possède une infinité. Ça a un sens, ça ?

Je pouvais répondre à sa question, ça avait sûrement un sens, mais j'aurais été incapable de dire lequel.

Elle a enchaîné, l'air de vouloir absolument tout dire, tout se rappeler, tout revoir, comme le satellite suicide de CNN :

– Albert prétend que nous avons un rôle à jouer, nous aussi.

– Qui ça, nous, nous deux ?

– Euh… oui, mais nous tous en fait, nous les porteurs du neurovirus…

– Comment ça ?

– Albert dit que ça a un rapport avec l'âge des réseaux technologiques dans lequel nous sommes entrés… Il dit que le cerveau humain doit muter… et que le neurovirus est une tentative de l'ADN pour recombiner certaines fonctions… L'ADN c'est le truc dont nous parlait Cohen-Solal ? La double hélice du code génétique, c'est ça ?

– Oui, j'ai fait.

– Alors c'est ça. Lui il appelle ça le Serpent du Verbe. Il est le code cosmique, il mute tout le temps, il peut prendre une infinité de formes… Par exemple, la Séquence du Dragon est une transcription particulière de ce code, une transcription verbale, symbolique et digitale, ce sont ses propres mots, quelque chose qui court-circuite les réseaux neuroniques de celui pour lequel c'est codé. Court-circuit définitif. Albert m'a dit que c'est une arme expérimentale du grand laboratoire de la nature, dont l'ADN et le cerveau humain sont des sortes de plates-formes… C'est drôle, maintenant que je t'en parle, ça me semble plus clair… vachement plus clair.

Inutile de vous dire que pour moi, c'était on ne peut plus obscur.

Mais parmi toutes les questions abyssales qui s'ouvraient, il y en avait une, fondamentale, qui restait en suspens, comme si j'étais un personnage de cartoon qui pédale dans le vide avant de comprendre, et d'y tomber.

– Combien de temps on a ? j'ai fait.

Elle m'a regardé de ses yeux azur rayés de la lumière neurovirale. Ça disait : pourquoi tu fais ça, pourquoi tu veux savoir ?

– Combien ? j'ai insisté.

– Pas énorme…, elle a répondu. Mais assez pour risquer ce qu'on fait… Ça dépend de ce qui va se passer, de l'évolution du neurovirus, de tout un tas de…

– Combien de temps ? j'ai demandé, sèchement. Je veux une réponse en années, mois, semaines, heures… s'il le faut.

– Des années… Plusieurs années.

– Combien ? j'ai soufflé, excédé.

– Je… Merde… disons une petite dizaine, pour toi, si tout suit la moyenne statistique des probabilités…

– Et pour toi ?

Là, j'ai vu qu'elle évitait mon regard.

– Moins, elle a fait.

– Putain… combien en moins ?

– Je sais pas trop, Albert dit que pour le moment le neurovirus est une expression incomplète de la mutation, il peut rien faire pour ça, il…

– Combien, une dernière fois.

– Deux ou trois ans de moins, sûr, elle a soupiré, peut-être cinq. La moyenne des probabilités me donne six années et quelques…

Elle a relevé les yeux vers moi, ses yeux où luisait l'éclat UV du virus et elle a ajouté :

– Ça suffira… ça suffira largement.

Son corps se dépliait déjà comme une arme vivante, prodigieusement vivante. Sa peau était satinée, son corps chaud. Sa bouche est venue se coller à la mienne, ses jambes s'enroulaient autour de moi comme une liane foncièrement carnivore. On n'avait pas baisé depuis plus d'une semaine, la préparation du coup, l'opération, la fuite, les rêves augmentés, ce putain de neurovirus, tout ça avait réprimé le désir aussi sûrement qu'une séance de psychanalyse.

Il a explosé, comme une cocotte-minute fermée et laissée sur le feu le temps qu'il faut. J'ai fait valser son sweat et son jogging fuseau, j'ai déchiré son T-shirt d'un geste de tueur, fait exploser le soutien-gorge, ses seins se sont offerts comme deux lutins frétillants, des lutins guerriers en forme d'obus, je les ai enserrés dans mes mains, en les pressant suffisamment pour qu'ils se dressent et que les bouts pointent comme des flèches de chair.

Je les ai sucés comme des bâtonnets de glace. Une bulle de chaleur nous protégeait du monde, une bulle de fièvre, de sueur, de bruits animaux dans la lumière dorée qui provenait des quelques enseignes de la rue.

– Baise-moi, elle a fait. Baise-moi fort.

– Aucun problème, j'ai répondu, aucun problème.

Lorsque je me suis réveillé, le soleil se levait derrière la ville, à l'est, côté terre, mais il faisait écumer de rouge la crête des vagues, comme la bave d'un boxeur étendu pour le compte.

Je me suis préparé un solide petit déjeuner face au spectacle de l'océan et du ciel pur, éclaboussé de radiations contradictoires. Dès l'ouverture des bureaux j'irais acheter les billets pour la prochaine destination, il fallait qu'on parte aujourd'hui, pour n'importe où en Afrique après tout, le premier vol disponible pour une grosse conurbation d'un pays bien corrompu, bien opaque. J'ai pris une douche, je me suis habillé, j'ai vérifié que Karen dormait paisiblement, et je suis sorti.

J'ai trouvé ce qu'il me fallait à une agence de l'aéroport d'Agadir, un vol dans la soirée pour Abidjan, en Côte-d'Ivoire. J'ai carrément acheté deux billets touristiques en promo avec trois nuits à l'hôtel et une visite éclair de la ville. J'utilisais le second jeu d'identité, un truc un peu risqué, on était censés avoir pris l'avion la veille pour le Brésil, mais les terminaux de l'aéroport d'Agadir n'ont rien détecté d'anormal. J'ai pris un taxi pour le centre où j'ai acheté de la bouffe puis je suis entré dans une cabine téléphonique. Il y avait un petit terminal Internet avec visiophone dans la cabine Nokia-Ericsson toute neuve, et j'y ai enfiché ma carte. La communication serait stockée quelque part dans les fichiers d'ATT Northern Africa, les flics pourraient aisément la repérer, quand la seconde identité serait grillée elle aussi. Ça faisait partie du plan depuis le départ, fallait y aller à fond, les flics devaient se persuader qu'on allait du Maroc à l'Afrique noire, histoire de se planquer sur ce continent. Mais la tension née de la situation m'avait fait percevoir une grosse faille dans notre plan de fuite. La banque d'Hendaye nous connaissait sous le deuxième jeu d'identités, et c'est de là qu'on avait demandé des transferts vers des banques situées en Asie-Pacifique. Je savais que les flics avaient grillé notre premier jeu de fausses id belges, s'ils parvenaient à nous pister le long de la « seconde chaîne », ils découvriraient les comptes bancaires d'Hendaye et pigeraient que l'Afrique n'était qu'un leurre. Vu que le plan des pigeons néo-zélandais en route vers Rio, j'étais en train de le carboniser moi-même, ils se tourneraient vers l'autre direction, là où les transferts allaient atterrir. Fallait d'urgence corriger le tir. Pourquoi je n'avais pas fait transiter les fonds par Le Cap, je me disais sans discontinuer. Pourquoi ?

J'ai appelé la banque à Hendaye et j'ai demandé le type qui s'occupait de nos comptes à Karen et à moi.

– Est-ce que vous avez exécuté les ordres de transferts de fonds, je lui ai demandé.

– C'est en route, il m'a répondu, tout fier de son

efficacité, demain votre compte sur la Thaï Farmer sera approvisionné... ceux sur la Bandung Asia International et la banque d'affaires australienne le seront dans deux jours.

Il avait parfaitement accompli son boulot, l'employé de banque.

– Annulez tout, j'ai fait.

Je voyais sa tronche à dix-huit images/seconde sur le canal vidéo du terminal, elle s'est figée à tel point que je croyais que le boupin était tombé en rade.

– Annuler ? il a répété, tout raide.

– Oui, c'est trop compliqué à vous expliquer, mais je voudrais que vous rapatriiez les fonds sur une de vos agences situées en Afrique de l'Ouest, je sais que vous y êtes implantés... (En faisant ça je jouais sciemment avec son réflexe de commercial, je ramenais le pognon au bercail, ce serait bien vu dans son plan de carrière annuel.)

J'ai repris, direct :

– En fait, voilà, notre opération immobilière en Australie ne va pas fonctionner, nous avions un programme de rechange en Afrique et c'est de là que je vous appelle, je ne vous cacherai pas que je vous demande une opération de la plus extrême urgence... Le tour de table est bouclé et nous devons apporter une partie du capital très vite.

– Je... bien. Dans combien de temps ?

– Le capital ? Nous avons jusqu'à demain.

Je savais que je demandais l'impossible, c'était juste histoire de confirmer les mots d'extrême urgence, employés juste avant.

– Je... excusez-moi, monsieur, je... je ne crois pas que cela sera possible, l'ordre de transfert pour la Thaï a été donné hier, et le dossier pour les banques indonésiennes et australiennes est déjà en cours de traitement, je...

– Dans combien de temps ? j'ai demandé sèchement, l'air du businessman international agacé par tant de fastidieux contre-temps.

Il s'est tortillé, mal à l'aise, ça l'ennuyait vraiment de devoir me dire ça.

– Euh, il nous faudra toute la semaine, monsieur. Mais je ferai tout pour que vendredi l'opération soit bouclée, monsieur.

Dans trois jours, j'ai pensé.

J'ai pesé ma décision comme si je jonglais avec une lame de rasoir. Fallait pas se planter sur la vitesse de réaction des flics. Ça faisait déjà quatre jours qu'on avait braqué la dernière poste, les flics avaient démasqué notre premier jeu d'id, un truc prévu, il y avait cette histoire de braquage foireux qu'on voulait nous mettre sur le dos, ça ça l'était pas, il y avait les services de recherche spéciaux du ministère de la Santé, il y avait cette toute nouvelle Police technologique que le gouvernement français mettait en place, sûr qu'ils étaient aux trousses des « évadés du Centre 14 », il y avait la mort de Messaoud, on avait des tas de casseroles au cul.

J'ai pris une bonne inspiration. Je n'avais pas le choix. Il fallait à tout prix laisser la piste asiatique en sommeil. C'était déjà insensé de l'avoir mentionnée à des témoins potentiels comme ce cadre commercial de la banque à Hendaye.

– D'accord, j'ai fait, je pourrai attendre vendredi mais je dois pouvoir disposer de l'argent avant le week-end, c'est impératif. Absolument impératif, j'ai rajouté pour faire bonne mesure.

– Ce sera fait. Ne vous inquiétez pas, monsieur.

– Vendredi. Impératif, j'ai insisté avant de raccrocher.

Je suis sorti de la cabine et je suis rentré en bus à l'hôtel.

J'avais déplié les journaux locaux achetés dans un kiosque à deux pas de l'hôtel, ils formaient une housse de papier bicolore sur le lit.

Il y avait de tout, des journaux en arabe, en français, et même un quotidien économique anglophone, pour l'élite internationale du pays. Deux feuilles en arabe et une en français avaient placé la mort de

Messaoud en première page. « Mort mystérieuse » était une expression qui semblait revenir partout. Le visage de Messaoud, un cliché des fichiers professionnels de la police de Rabat, le montrait avec quinze bonnes années de moins, mais avec les éternelles Ray-Ban et moustaches à la turque. Dans les journaux français, j'ai pu comprendre que les premiers résultats de l'autopsie semblaient indiquer une mort « naturelle », avec une hémorragie cérébrale liée à une rupture d'anévrisme, ou quelque chose d'avoisinant. Mais le journaliste répétait constamment que les flics « n'excluaient aucune hypothèse ». Ça revenait si souvent cette phrase, sous cette forme ou une autre, que je me suis douté que ça cachait quelque chose. Toute la scène m'est revenue, en un seul bloc, compact et intense. Elle a ressurgi si vite à la surface de mon esprit que je n'ai pas compris tout de suite que j'étais en train de me taper une montée d'« état augmenté ».

J'ai revu Karen s'approcher de moi et se pencher à la portière, le dialogue a redéfilé, comme une bande-vidéo mentale, jusqu'au moment fatidique où Messaoud s'affaissait sur son siège.

Mais juste avant il s'était passé quelque chose, et la bande-vidéo cérébrale s'est rembobinée en fast rewind puis a repassé la séquence, oui, là maintenant, ça ralentissait et on zoomait sur un carré de l'écran mental, la main, la main de Messaoud qui ouvrait l'étui de son revolver, et qui caressait la crosse de son arme, avant qu'elle ne se crispe dessus, dans un geste désespéré, ultime.

Les flics marocains l'avaient retrouvé dans cette position, me hurlait un signal d'alarme dans mon cerveau. Ils comprendraient très vite que Messaoud avait essayé de se protéger d'un danger imminent, et qu'il avait échoué.

C'était hypergrave. Cela ne correspondrait pas avec les résultats de l'autopsie, et ça éveillerait leur curiosité, voire leurs soupçons. De là à ce qu'ils demandent l'appui d'un service spécialisé d'Interpol, il n'y avait qu'un pas. Et de là à ce que la police française ait vent de l'incident, un simple entrechat.

Bon, c'était pas dit que les flics de la patrouille fassent le rapprochement avec nous, après tout, ce genre de trucs, arrangements à l'amiable avec des touristes occidentaux fortunés et un peu dérangés, c'était le quotidien de la corruption par ici, mais quand ils seraient interrogés à leur tour, car ça ne manquerait pas, ils notifieraient immanquablement l'incident aux types de la criminelle. Ils ne risquaient pas leur place pour ça, pas dans un pays comme le Maroc, au pire une mauvaise note dans un rapport, donc ils feraient tout pour se dédouaner vis-à-vis de leurs collègues, et ils cracheraient le morceau. Si les flics marocains des homicides n'étaient pas des taches, et rien ne me prouvait le contraire, ça les ferait tilter cette histoire de touristes occidentaux pleins aux as et de chambre dévastée. Juste comme ça, parce que c'était un poil bizarre, et qu'un flic qui a du nez, il flaire toujours ce genre de trucs. La deuxième identité était virtuellement grillée, elle n'avait plus que quelques jours devant elle. Ce n'était absolument pas prévu, ça.

Si je vous le dis, c'est que je sais de quoi je parle. C'est vrai que depuis le début, je n'ai pas encore eu le temps de me présenter en détail, et qu'en relisant ce que j'ai écrit, je me rends compte que vous ne connaissez de moi que les derniers dix-huit mois de ma vie, et surtout la dernière semaine, comme pour Karen, sauf que moi, en plus, vous ne connaissez même pas mon prénom. On fera avec, pour l'état civil, mais en ce qui concerne certaines aptitudes professionnelles bien précises, sûr que je ne peux pas continuer à vous laisser comme ça dans le brouillard.

J'ai passé deux ans et demi au Centre de formation de la police, à Nogent-sur-Marne, en région parisienne. Je voulais devenir flic, officier de Police judiciaire, ne me demandez pas pourquoi, peut-être parce que mon dab avait ruiné sa vie et celle de ma mère avec son mauvais whisky, sa mauvaise coke et ses mauvais romans, refusés de partout, pendant qu'il végétait dans sa putain d'agence de communication foireuse où on croisait des apprentis branleurs à catogans fluo et de vieux routards de l'arnaque showbiz, à catogans traditionnels.

Ce con-là voulait que je fasse Sciences-Po, ou que je m'oriente vers une de leurs saloperies de métiers à paillettes qu'ils nomment pompeusement « créatifs », alors moi je me suis mis à faire un sport de combat, puis de l'informatique, mais pas le truc branché, genre *réalité virtuelle et communication multimédia*, non, du hardware, robotique, microprocesseurs, langages-machine, des trucs imbittables pour lui, puis à me mettre dans l'idée de faire flic.

Le seul autre truc que j'aurais pu faire pour l'emmerder à fond ça aurait été de m'engager. J'ai fait partie de la dernière classe d'âge du service de conscription nationale, on nous a proposé le contrat type afin de prolonger notre temps dans la nouvelle armée professionnelle. J'ai refusé, au bout du compte. Mais j'ai vraiment hésité. Le dab en aurait fait une apoplexie, déjà qu'il avait remué ciel et terre pour me faire réformer, et que je lui avais dit que c'était pas la peine j'allais devancer l'appel, là je me régalais déjà de lui annoncer que je partais dans les trois jours pour un cantonnement de l'Eurocorps, quelque part en Allemagne. S'il avait été bourré, il m'aurait sorti une de ses diatribes favorites contre le système, lui qui vit à ses crochets comme une sangsue depuis vingt-cinq ans, il m'aurait parlé de l'anarchie, de Mai 68 (il avait à peine quinze balais à l'époque), de Jimi Hendrix et des Rolling Stones, de Fidel Castro et du Che, de leur « idéal » et des « concessions normales qu'on doit tous faire dans la vie », puis il aurait hurlé qu'il ne pouvait décemment plus parler à un fils qui se mettait au service des « tueurs impérialistes ».

Là, je lui ai juste dit que je m'engageais dans la police. Il m'a regardé froidement, en reniflant le plus discrètement possible (il venait de s'en envoyer une bonne dans les narines, aux chiottes, cinq minutes plus tôt). Il a reposé ses couverts bien droits autour de l'assiette. Puis il a inspiré à fond. Et il est sorti de table sans rien dire.

On ne s'est plus jamais reparlé depuis.

Voilà. Je me suis retrouvé à Nogent-sur-Marne, avec mon diplôme de microprogrammation pour intelligence artificielle en robotique appliquée, après un concours d'entrée que j'ai passé haut la main, à mon grand étonnement ; je me suis rapidement dirigé vers la filière des techniques d'investigation criminelle hyperpointues, mais je n'ai pas fait l'impasse sur le reste, les bons vieux trucs de flics, les bases du métier. Deux ans et des brouettes, c'est juste le temps qu'il faut pour vous former, avec de nombreux stages sur le terrain. J'étais en train de passer le dernier cycle avec succès, lorsque le nouveau gouvernement a décidé de refermer les frontières sanitaires, culturelles et humaines du pays, avec le grand programme de dépistage et de fichage médico-social à la clé. Les fonctionnaires ont été les premiers visés par la mesure. Je me suis vite retrouvé avec le logo du neurovirus de Schiron-Aldiss sur ma carte génétique. Le Centre de regroupement numéro 14 m'ouvrait déjà les bras.

Karen n'a jamais été très expansive sur son passé, mais depuis presque un an qu'on se connaît, je suis arrivé à arracher quelques informations, et à faire des recoupements.

D'après ce que je suis arrivé à savoir, elle est la rejetonne d'une famille assez bizarre. Le rassemblement de juifs tchèques, russes et polonais, qui fuirent, ou combattirent successivement le nazisme et les communistes. Karen m'expliqua une fois qu'une de ses grands-mères avait dix-sept ans lorsqu'elle fut torturée par la Gestapo, et même pas dix de plus lorsque les agents de la Police politique tchèque lui firent subir la gégène. Certains rameaux de leurs familles d'origine ont entièrement disparu dans les camps, allemands, ou russes, les survivants ont pu se réfugier en Israël, d'autres en Hollande, en Angleterre, eux s'implantèrent en France. Je n'ai jamais bien compris ce que faisaient ses parents, mais elle m'avait un jour tracé le portrait de ses quatre aïeuls. Côté paternel, une juive du ghetto de Prague (celle qui avait pu goûter à l'électricité nazie, puis communiste) et un semi-juif russe, qui s'était battu dans la 1re Armée de la Garde et qui avait dû fuir la paranoïa grandissante du Petit Père des Peuples, dans les années cinquante. Ils s'étaient rencontrés une première fois à Prague, juste après la guerre, puis en Autriche, alors qu'ils fuyaient vers l'Allemagne de l'Ouest avec un réseau de passeurs. Côté maternel, une rescapée du ghetto de Cracovie et des camps de la mort nazis qui s'était retrouvée en Belgique, puis en France, après avoir été libérée de Bergen-Belsen par les troupes anglo-américaines, et le seul non-juif de la famille, un aventurier franco-néerlando-vénézuelien, une sorte de trafiquant international qui s'était engagé dans les Forces françaises libres, avait participé à des opérations du SAS lors du 6 juin, et s'était installé à Paris après la Libération.

Karen me dit souvent qu'avec cet héritage, elle se sent en sécurité.

Elle m'avait raconté aussi que du côté de sa grand-mère maternelle elle avait de la famille, de lointains cousins, ou grands-oncles, en Hollande, mais aussi en Afrique du Sud, une branche assez friquée qui requinait dans le diamant. Elle m'avait dit qu'ils possédaient des intérêts au Zaïre, ainsi qu'en Namibie, des endroits où ce genre de petits cailloux carboniques ça pullule comme les crânes d'australopithèques en Éthiopie. Je m'étais finalement persuadé que ce genre d'infos, les flics finiraient par tomber dessus, c'était parfait, ça accréditait notre destination africaine.

C'est au centre de police que j'avais pu réunir tous ces enseignements sur les méthodes de traque internationale des flics. La consultation des fichiers d'aéroports, des grandes gares, les traces laissées par les cartes bancaires, ou toute autre carte référencée quelque part, péages d'autoroute, compagnies de téléphone, chaînes d'hôtels, ou de magasins, compagnies de transport, plus les passages de frontières plus ou moins étanches entre les différents blocs multinationaux. Aujourd'hui, un flic peut vous pister sans se lever le cul de son fauteuil, sinon pour aller chercher une bière dans le frigo. Si c'est un bon netsurfer, s'il sait où, quand, comment se brancher sur les bons réseaux, comment intégrer les millions d'informations dans des bases de données claires et aisément consultables, il finira par vous suivre sur une carte du monde, comme un marqueur à l'iode radioactif dans un titanesque organisme.

Les cyberflics sont devenus indispensables à toute force de police un tant soit peu moderne, mais ils n'ont pas éliminé pour autant les anciennes attributions de tout bon petit soldat de la loi, et surtout pas la nécessité d'envoyer des gens sur le terrain afin de constater les faits, de s'imprégner de la situation, et surtout d'avoir accès à des informations non recensées par les bijoux de haute technologie dont on a aujourd'hui besoin pour ouvrir la porte de sa chambre d'hôtel.

Aussi le pistage « digital » s'accompagne-t-il de fureteurs qui se déplacent le long de la chaîne d'informations, et procèdent à des recherches de témoins, à des recoupements, à des recherches de témoins encore et encore.

Ils tomberaient inévitablement sur le type de la gare d'Honfleur qui nous avait vendu les billets pour Cherbourg, ils chercheraient à Cherbourg, en vain, puis se rendraient compte de leur erreur et chercheraient patiemment sur la ligne, ils tomberaient à un moment sur Bayeux, ils chercheraient, trouveraient un témoin se souvenant d'un couple montant dans une Audi, ils pigeraient assez vite que la piste belge vers le nord ne conduisait nulle part. Ils se retourneraient vers les deux autres directions possibles, le sud et l'est. S'ils fouinaient dans nos passés respectifs, ils tomberaient sur les origines est-européennes de Karen, mais aussi sur ses connexions familiales en Afrique, ça les conforterait dans leur erreur. Ils chercheraient une Audi, de tel modèle, avec peut-être un morceau d'immatriculation, ils fouilleraient les bases de données des péages d'autoroute, et des postes-frontières électroniques, ils finiraient par détecter notre passage à Hendaye. Le Sud. Le piège était amorcé.

Ils nous pisteraient jusqu'à Rabat, jusque-là, rien

que du prévu, sauf que là, ils tomberaient sur l'affaire Messaoud. Inévitablement, un petit con dans mon genre, bombardé analyste de données, ferait le lien, en recoupant les dates et en fouillant dans les journaux, juste parce qu'un de ses programmes d'intelligence artificielle fait ça automatiquement et signale par un petit jingle la présence d'informations « intéressantes ».

Parallèlement, la police marocaine se serait mise à nos trousses, et ça, putain, ça c'était pas prévu non plus.

Il fallait qu'on foute le camp au plus vite, mais l'« incident » de Rabat (j'appelais ça incident, c'était moins lourd à porter que meurtre), l'incident donc accréditerait définitivement notre passage dans le pays, il forcerait les deux polices à coopérer, en apparence, et à se tirer dans les pattes, en sous-main, pour avoir la primeur de notre arrestation. Elles s'enfonceraient toutes deux dans l'enfer africain, un mélange de guerres civiles tribales et de mégalopoles urbaines corrompues jusqu'à l'os. Si tout se passait comme je le prévoyais, elles s'y casseraient les dents.

Le soleil tombait sur l'horizon lorsqu'on a embarqué dans le 757 de la TAAG, la compagnie angolaise, un vol de nuit qui joignait Agadir à Luanda, via Nouakchott, et Abidjan. J'avais voulu éviter à tout prix la Royal Air Maroc, le premier fichier accessible aux flics de Rabat.

La compagnie angolaise, avec sa destination finale, entre le Zaïre et l'Afrique du Sud, renforcerait de surcroît l'impression générale qui se dessinait, en rapport avec les lointaines connexions familiales de Karen.

Initialement, le plan consistait à aller jusqu'au Cap avec notre deuxième jeu d'identités, de là, se démerder pour passer ni vu ni connu dans un pays limitrophe, situé dans l'espace de coprospérité sud-africain, genre Namibie, mais plutôt Mozambique, et y réapparaître sous notre ultime jeu d'hypercartes, puis embarquer dans un cargo qui remonterait jusqu'au golfe Persique, puis l'Inde. L'autre solution consistait à prendre un avion de Maputo pour l'Indonésie.

Mais on n'en était pas là. Mon cerveau compilait comme un malade les données que j'avais concernant l'activité de la police marocaine. J'étais en pleine phase d'état augmenté, mais le niveau était raisonnable, j'avais juste pris un quart de dose d'epsilon, tout était remarquablement limpide, net, lumineux dans l'aéroport, et mon esprit traçait de fulgurants sillages de pensées.

On était encore très loin de l'Afrique du Sud, on avait tout le continent à traverser, et après Abidjan il était clair que notre deuxième jeu d'id serait mort, en tout cas pour la police marocaine, qui allait se faire un plaisir de communiquer cette information sur les réseaux de l'Afropol. Faudrait se fondre dans la capitale ivoirienne, trouver un moyen de transport discret pour franchir deux ou trois frontières, Ghana, Togo, Bénin, Nigeria pourquoi pas... Y ressurgir sous la troisième id. De là, partir pour Le Cap ou Maputo direct, et pourquoi pas un vol transocéanique jusqu'à Bangkok ?

À Abidjan, la première chose à faire était de speeder l'employé de banque d'Hendaye, faudrait que tout soit bouclé jeudi, je lui mettrais la pression. On attendrait à Abidjan l'arrivée du fric, qu'on éclaterait ensuite sur une demi-douzaine de comptes, dans plusieurs grosses banques bien implantées sur le continent africain. On retirerait tout le pognon durant notre périple en Afrique de l'Ouest, et on le redéposerait en plusieurs fois, au Mozambique, puis en Inde ou en Indonésie, sous notre troisième identité.

J'avais devant moi deux graphiques concurrents. Des lignes fluo qui se superposaient à la réalité, un truc auquel doit s'habituer tout porteur du virus de Schiron-Aldiss, là c'était les courbes d'activité des deux polices. D'après mon cerveau suralimenté, la police française était encore à la recherche des « faux Belges » – et vrais « évadés du Centre 14 » – évanouis vers Honfleur, ils étaient sûrement en train de fouiner sur la ligne de chemin de fer ou dans le port de Cherbourg. Selon cette courbe, la seconde identité était encore vierge.

Mais si je regardais le tracé de l'activité de la police

marocaine, je pouvais constater que tous les signaux étaient en train de passer au rouge : dans les deux jours, selon la « moyenne des probabilités », les flics de Rabat entendraient parler de l'histoire de la chambre d'hôtel et des touristes friqués, dans les vingt-quatre heures suivantes, ils lanceraient un appel à témoin sur tout leur réseau national, jusqu'à l'aéroport où notre avion se préparait au décollage imminent, la mâchoire du piège se refermerait juste derrière nous. Ensuite, on pouvait escompter quelques jours de latence. Juste le temps d'attendre l'arrivée du fric à Abidjan et de procéder aux transferts de fonds.

Les deux courbes se rejoignaient plus tard. Quand les flics français découvriraient le passage de l'Audi à Hendaye, grillant la deuxième identité, avant de nous pister à travers l'Espagne et de se brancher sur le Maroc. À moins que ce ne soit la police de Rabat qui fasse appel à des structures internationales, ce qui provoquerait la connexion de l'affaire Messaoud avec Europol. Dans les deux cas, une moyenne statistique de probabilité évoluant dans une fourchette instable d'une à huit semaines. L'enfer. Dans un premier temps, le Maroc ferait simplement appel aux ressources régionales d'Afropol, et je comptais sur la corruption et l'inertie bureaucratique des pays d'Afrique de l'Ouest. Ça nous laisserait un peu de temps supplémentaire, mais dès que les chiens de chasse d'Europol, ou du nouveau service de contrôle techno de l'État français, seraient à nos trousses sur le continent, on n'aurait plus droit à l'erreur, et on serait traqués sans relâche.

Les flics africains se feraient secouer le cocotier sans discontinuer jusqu'à ce qu'ils trouvent quelque chose, des types venus de Paris, ou de Bruxelles, débarqueraient pour motiver et encadrer tout ce joli monde, des récompenses seraient offertes, officielles, mais aussi officieuses, en bakchichs somptuaires distribués à tous les étages de la hiérarchie, les mecs d'Afropol se bougeraient le cul, nous faudrait déjà qu'on soit loin des côtes du Mozambique.

Je ne crois pas vous avoir dit que la peine encourue pour une évasion d'un Centre de regroupement sanitaire de haute sécurité est d'au moins dix ans de prison, en tout cas pour tous les porteurs du logo rouge et noir « virus extrêmement dangereux ». Ça, c'était les accointances de la section biologique de la police techno. Ils coursaient les « évadés du Centre 14 ».

Les « braqueurs de la conurb » étaient pistés par plusieurs brigades de répression du banditisme de la région parisienne, mais quand il s'est avéré que les deux « gangs » n'en formaient qu'un, les gros bras du RAID et de l'antigang ont été mobilisés, puis sûrement Europol, Interpol, tout le toutim. Surtout maintenant qu'ils nous collaient un braquage foireux avec mort d'homme sur les bras. Mort de flic là encore.

Le ciel était noir violet, et l'horizon d'un orange doré, parsemé de radiations bleu vert, avec un trait pourpre vibrant dans l'infrarouge, aux limites du ciel et des eaux. Le hublot donnait sur l'océan Atlantique, derrière lequel le soleil venait de disparaître, en prenant de l'altitude, l'avion a rattrapé les rayons incidents du soleil, puis il s'est dirigé plein sud. Je contemplais mon deuxième crépuscule de la journée. Karen s'est vaguement endormie, bourrée d'epsilon (une dose trois quarts, la sienne, plus ce que je n'avais pas pris).

Une espèce de naveton made in Hong-Kong, sous-titré en anglais, un truc de la fin du XXe siècle acheté en stock, était censé accompagner les voyageurs durant le vol. Je plaignais ceux qui avaient pris un billet pour Luanda.

L'avion s'est enfoncé dans la nuit africaine.

Three to get ready now go cat go…

Je pensais arriver dans la nuit à Abidjan, je m'attendais à ce que l'escale de Nouakchott dure une heure, deux, pas plus.

À Nouakchott, on est restés bloqués plus de six heures. Et ne me demandez pas pourquoi. Quelque part, sur un siège devant moi, deux espèces de routards baroudeurs discutaient en se marrant de leurs records en matière d'escales à rallonge, et l'un en 1996, à Accra, et celui-là en 2002, ici même à Nouakchott, huit heures, mon vieux, huit heures de retard, et attention, hein, y avait plus de problèmes militaires, pas comme à Monrovia dans les années quatre-vingt-dix…

Fermez vos gueules, je pensais en essayant de m'endormir dans le mauvais siège, bien dur, bien raide, et dont la position oblique ne méritait même pas la mention d'angle aigu.

Arrivés à l'aéroport d'Abidjan, on a passé la douane

sans bobos. Les douaniers, en fin de service, roupillaient à moitié derrière leurs cabines, ils se contentaient de jeter un coup d'œil machinal et ensommeillé aux passeports et hypercartes que leur présentaient les passagers. Lorsque j'ai tendu la mienne au douanier ivoirien, il a juste eu un petit coup d'œil vaguement intéressé parce qu'il n'y a encore que les pays occidentaux qui peuvent offrir ce genre de gadgets à leurs concitoyens. Mais plusieurs autres touristes européens ou américains étaient passés avant nous. Ma trogne implantée à l'hologravure correspondait à celle que j'avais, le visa électronique a bien bippé dans le code-barres, Karen m'a suivi, déclenchant à peine plus d'intérêt sinon un regard un poil appuyé sur ses lignes... disons féminines.

J'ai rangé ma carte, j'ai pris Karen par le bras, et j'ai émis une prière de reconnaissance à Rubnik et ses potes.

Rubnik est un type vraiment très cool. Sans lui, il est certain que nous n'aurions jamais pu dépasser la porte d'Italie. Non seulement ses fausses hypercartes étaient impeccables, mais il m'avait fait cadeau d'un petit bonus quand je lui avais refilé son pourcentage après le premier coup.

Le petit bonus, c'était une cartouche Syquest amovible, contenant 1 téra-octets de données. En l'occurrence les répliques parfaites d'environ cinquante visas touristiques que je pouvais extraire du Syquest et enregistrer à la convenance sur l'emplacement réservé de l'hypercarte, grâce à un logiciel confectionné par ses soins et disponible sur le gigadisque. Les hypercartes sont réputées inviolables et les visas électroniques sont, paraît-il, parfaitement infalsifiables. C'est le genre de blagues que se racontent Rubnik et ses potes de l'Underbahn le matin pour se mettre en forme.

Les cartouches Syquest standard se branchent à la perfection sur n'importe quel terminal Méganet désormais. Je pouvais faire ça dans la première chambre d'hôtel un peu civilisée, voire dans une simple cabine de visiophone. Au pire je pouvais acheter un petit portable taïwanais dans le premier magasin venu.

À Agadir, juste avant de partir pour l'aéroport, j'avais procédé à l'opération avec la console de la chambre. Quinze minutes au total pour badger nos cartes d'une demi-douzaine de visas reliant Abidjan à Maputo, en passant par Le Cap, Luanda, Kinshasa, Lagos... Désormais, je devais m'attendre à dormir à la belle étoile, ou dans des camions se tapant les routes d'Afrique de l'Ouest, au mieux dans des « hôtels » où la simple mention d'une carte de crédit évoque quelque chose entre l'odyssée lunaire d'Apollo et la variole.

Le voyage prendrait une bonne semaine de plus que prévu. Une semaine ? Le double. On serait à court d'epsilon avant d'être en vue de l'océan Indien. Le projet de prendre un bateau pour remonter jusqu'en Inde ne me paraissait plus du tout une bonne idée. Quand on aurait réémergé sous notre troisième identité, on se barrerait direct pour Bangkok. On n'avait plus le choix.

C'est à tout ça que je pensais pendant que je cherchais à joindre Hendaye à partir de la poste centrale d'Abidjan.

Je m'attendais a priori à tomber sur quelque chose sorti des images d'Épinal de la colonisation française, avec des téléphones à cadrans rotatifs, des néons blafards et poussiéreux, et une fourmilière d'employés et de mamas noires. Mais je suis entré dans un bâtiment ultramoderne qui faisait, paraît-il, la fierté du gouvernement, et sûrement la satisfaction des entreprises occidentales qui s'étaient partagé le contrat.

Il y avait le top là-dedans. Des distributeurs de cash, des terminaux Méganet, ou de simples cabines de visio, mais flambant neuves. Elle avait dû au moins coûter le prix de la cathédrale d'Houphouët-Boigny.

J'ai appelé la banque sans succès à plusieurs reprises avant de me rappeler le décalage horaire. Ils n'étaient pas encore ouverts à Hendaye. J'avais une bonne heure d'avance.

J'ai rejoint Karen à un distributeur où elle retirait du

cash. L'équivalent d'environ dix mille euros en diverses monnaies, dollars et devises locales.

Elle était un peu comateuse, ses traits étaient tirés, son visage émettait cette mélancolie si contagieuse des phases de descente.

On avait encore moins de T-Vector gamma que d'epsilon, encore plus dur à trouver, plus cher, plus risqué, etc., bref je ne lui en ai pas proposé. Le T-Vector gamma est la seule molécule capable de mettre un terme à une phase dépressive « sur-critique », comme disent les toubibs. Ça arrive heureusement bien moins souvent que les crises d'état augmenté. Pour ces phases, le cannabis est proprement déconseillé, il peut remplacer l'epsilon, pas le gamma. D'après ce que je sais, il n'existe rien de connu qui puisse les enrayer à part le Transvector gamma, elles s'arrêtent généralement d'elles-mêmes, dès la reprise d'activité du virus. Alors on fait avec, le plus souvent.

Karen a pris les grosses et les petites coupures, patiemment, au fur et à mesure qu'elles sortaient de la fente du distributeur.

Je ne connais pas Abidjan, mais j'ai de toute façon un putain d'a priori quand je ne connais pas. La bonne vieille parano du flicard né.

Je me suis débrouillé pour bien la masquer

d'éventuels observateurs indiscrets et j'ai passé la foule éparse au scanner, cherchant le, ou les types qui seraient juste là pour nous suivre, après avoir repéré le gros tas de biftons.

Je n'ai rien vu de tel, alors on s'est partagé le pognon à toute vitesse et on est sortis.

Je ne sais pas où on est allés, mais on a marché et on est tombés sur une espèce de rade, avec quelques tables sur le trottoir. On s'est affalés dans un coin et on a commandé deux Coca. On était à deux ou trois cents mètres de la poste. Je ne voulais pas bouger avant d'avoir appelé Hendaye, le coup de fil serait répertorié, il accréditerait notre présence à Abidjan, mais je ne voulais pas non plus faciliter la tâche des flics en m'y reprenant à plusieurs reprises, et surtout pas de l'hôtel où on irait s'écrouler et où notre signalement serait parachevé. Fallait laisser des zones d'ombres, des fausses pistes, un vrai lâcher de leurres, comme les fusées multicolores que les avions de l'ALAT balançaient avant que nos hélicos n'arrivent. Fallait qu'ils suent ces salauds, qu'ils suent sous le soleil d'Afrique et qu'ils finissent pas en avoir leur claque.

Je donnerai UN coup de fil. Puis on irait trouver un hôtel de troisième catégorie dans les faubourgs, on attendrait l'arrivée du fric, on irait à la banque, quelque part près de la gare, d'après ce que je savais, et on mettrait les voiles.

Quand on est retournés à la cabine visio de la poste, j'ai acheté des canards locaux, ainsi qu'une feuille française de la veille, j'ai également trouvé des journaux arabes, dont un quotidien francophone de Rabat.

J'ai empilé tout ça près du terminal, et j'ai composé le numéro de la banque.

J'avais la ligne directe de mon chargé de clientèle, le jeune mec compétent et froussard. Son visage s'est découpé dans l'écran, aux dix-huit images seconde standard, avec quelques sautes et interférences, mais fallait pas demander la lune, non plus.

En voyant ma gueule, il a tout de suite compris qu'un wagon de marchandises était en train de lui tomber dessus. C'est la gueule qu'il a fait, en tout cas.

– Désolé de vous déranger, j'ai fait, d'un ton sec et autoritaire, il faut que vous accélériez le transfert des fonds. Je dois en disposer demain, dernier délai.

Là j'ai vu qu'il s'étranglait, c'était bien un wagon de marchandises.

– Mais… monsieur…

– Demain. Absolument impératif.

Il était en train de piquer une suée, le pauvre gars. Je savais qu'il ne pouvait pas faire grand-chose, son supérieur direct pas plus, mais il fallait mettre la pression. Je ne pouvais décemment pas demander aujourd'hui, mais je pouvais gagner un jour. Si le fric était là demain, on pouvait procéder à l'opération essaimage du pognon en Afrique avant la fermeture des banques, le week-end, c'est-à-dire le vendredi à midi dans ce genre de coin.

– Écoutez..., il a commencé.

Je l'ai coupé direct.

– *Je sais* qu'il existe des procédures qui permettent d'accélérer le traitement des données... Débrouillez-vous pour les mettre en œuvre... Je dois disposer de l'argent demain. Et pas un autre jour.

Il était rouge écarlate, c'est-à-dire gris foncé vaguement violine dans la trame vidéo.

– Ces procédures ont déjà été mises en route, monsieur. Je vais faire mon maximum pour que tout soit bouclé vendredi *matin*... je suis vraiment désolé, mais le flux de données, ordres et contre-ordres, est désormais en cours de traitement quelque part dans une IA à Djakarta ou Dieu sait où... Je vais m'assurer personnellement que l'enregistrement des fonds à notre succursale d'Abidjan sera validé en priorité dès l'ouverture, vendredi.

Il était essoufflé comme un coureur cycliste, et étonné lui aussi d'avoir pu sortir tout ça d'un coup.

Je rageais, je voyais bien qu'il se démenait au maximum, j'étais en train d'éprouver ses limites.

– Vous me foutez dans la merde, j'ai fait.

Il essuyait son front et se tortillait sur sa chaise.

– Je suis désolé, monsieur.

On aurait dit le mauvais élève qui va se faire punir devant toute la classe. Il n'y avait visiblement rien à faire.

Bon, je me suis dit. Vendredi matin. C'était une poignée d'heures de gagnées. Je n'étais pas dans la situation de faire la fine bouche. J'ai poussé un soupir de résignation teintée d'agacement.

– Bien, j'ai lâché. Personne n'est parfait. Vendredi matin, *à l'ouverture.*

– Oui, monsieur, à l'ouverture, je peux vous l'assurer.

– Ne me l'assurez pas. Faites-le.

– Oui, monsieur, avec toutes mes excuses, monsieur.

Il semblait visiblement soulagé de terminer l'entretien.

– À l'ouverture, j'ai rajouté avant de raccrocher.

Il fallait lui maintenir le tison sous les fesses.

L'hôtel Louxor était tenu par un gros Libanais qui nous accueillit avec toute la déférence due à des porteurs de bons dollars. C'était une baraque de trois étages, avec deux arrière-cours et des chiottes à l'extérieur ou sur les paliers de chaque niveau, avec les douches. Rustique, mais il y avait la télé dans notre chambre de luxe, c'est-à-dire avec un petit carré de douche, un bidet et un lavabo. On était au dernier étage, on donnait sur une rue assez calme mais pas loin d'un quartier d'où nous parvenait de la musique, un brouhaha de musique.

On avait mis toute la matinée pour se poser ici, on avait erré des heures dans la ville, en essayant de nous orienter dans un labyrinthe de rues et de quartiers entremêlés où les buildings de ceux qui pompaient le FMI côtoyaient les bidonvilles de ceux qui servaient de lubrifiant à toute cette belle machine.

Il faisait chaud et humide. Le ciel était nimbé d'un gaz lumineux, gris acier tout neuf. On s'est écroulés dans la chambre une bonne partie de l'après-midi, en prenant des douches régulières, on avait un film de sueur qui nous collait à la peau, et qui ne voulait pas partir.

On n'était pas loin du printemps, c'était encore la saison sèche mais cette brume céleste semblait autant venir de la mer que de la pollution.

L'air était rempli de parfums contradictoires, l'oxyde de carbone généré par la ville se mélangeait aux senteurs venues de l'océan, des errances d'odeurs végétales, minérales et animales venaient se mêler à tout ça, des marchés et des restaurants, des cuisines domestiques et des popotes collectives, des docks du port et des usines de la banlieue.

La musique semblait ne pas vouloir s'arrêter une minute. Elle nous parvenait de partout, de transistors, lecteurs de K7 ou de digital discs, trimballés par des jeunes, des vieux, des hommes, des femmes ; des maigres, des gros, des en costard occidental, des en tenue traditionnelle, sans parler des sound systems éparpillés un peu partout et qui se répondaient, comme des muezzins concurrents, d'un bout à l'autre de la ville.

Quand le soir est tombé, on s'est rendu compte qu'on avait les crocs.

On est sortis de l'hôtel et on est entrés dans la musique.

Je ne pourrais pas dire comment ça a vraiment commencé. Le fait est que j'ai donné une demi-dose de T-Vector gamma à Karen avant qu'on ne sorte, et que je n'aurais peut-être pas dû. Mais en même temps, je voyais que sa déprime allait en s'aggravant, moi, au contraire, j'étais dans une de ces périodes d'excitation qui précèdent les états augmentés. Faut pas croire que le virus agit selon des cycles périodiques et des schémas uniformes. Les variations de phases sont extrêmement chaotiques, et Karen présentait d'autre part des signes d'une ampleur que je n'avais jamais vue. Si elle entrait dans une phase de dépression symétrique à ce qu'elle vivait en état augmenté, je pouvais m'attendre au pire, il fallait prendre les devants.

On n'aurait pas dû sortir, point.

Mais merde, j'avais envie de bouger, boire un coup, et faire oublier à Karen les mois de stress qui venaient de s'écouler.

Elle a presque dix ans de moins que moi, la môme, je me suis dit, faut qu'elle décompresse.

Pour décompresser, ça, elle a décompressé.

Je ne sais plus trop à quel moment de la nuit on s'est retrouvés dans un quartier vraiment chaud. Je n'aurais pas dû lui donner cette demi-dose de gamma, ça c'est sûr, mais je n'aurais surtout pas dû l'autoriser à boire toutes ces bières.

À la fin, on s'est mis à danser collés serrés sur un groove torride, c'était une espèce de boîte, mais à moitié à ciel ouvert, il y avait des mecs et des gonzesses, jeunes pour la plupart, et aussi des tapineuses et des gigolos, il y en a sous toutes les latitudes, et leurs signes caractéristiques sont les mêmes partout. Il y avait de l'alcool de palme et des bières, et il y avait aussi l'odeur entêtante de la marijuana. Rien qu'en respirant l'air enfumé, j'en avais la tête qui tournait.

À un moment donné, on s'est écroulés, épuisés, en sueur, sur une espèce de banquette au fond de la salle.

On avait nos bières à la main, on s'est assis à une table qui se libérait, point.

Je voyais que Karen lâchait du lest, elle se marrait, elle était détendue et excitée à la fois, elle me faisait des trucs pas possibles sous la table et on racontait des conneries. Un truc qu'on n'avait pas fait souvent, sauf des fois entre deux braquages.

– Bonsoir, vous êtes français ?

La voix avait atterri entre nous comme une grosse enclume dans un nid de poussins. Je ne sais plus ce qu'on était en train de se dire, à moitié en train de se bécoter.

Je me suis détaché de la bouche de Karen et je me suis tourné vers l'endroit d'où provenait l'enclume.

J'ai contemplé une espèce de grand échalas, aux cheveux blonds filasses tombant sur les épaules, les yeux cachés derrière de véritables Ray-Ban police, la bouche tordue dans un rictus qui se voulait sympathique, je suppose. Il flottait dans un blue-jean relativement clean, et un T-shirt XXL aux couleurs fluo, genre surfer, mais passablement délavé.

Je n'ai pas pu le blairer à la seconde. Le type s'est approché et s'est penché vers nous. Au même moment, un autre est sorti de je ne sais où et est venu se poster à ses côtés, c'était un Black, mais pas d'une des nationalités qu'on rencontrait majoritairement à Abidjan, pas un Burkinabé, ni un Guinéen, pas un Ghanéen non plus, on aurait plutôt dit un type du Sahel, un Mauritanien, ou quelque chose comme ça. Sa peau était juste très brune, pas noire. Ses yeux étaient clairs, genre gris. Un métis, un truc dans ce goût-là.

Le blondasse a de nouveau arqué son sourire grimace :

– Alors vous êtes français ?

Je n'avais toujours pas répondu, et je n'avais pas envie de faire causette.

– Nein, j'ai fait… Ich bin ein Berliner, j'ai ajouté en me souvenant d'un truc appris dans un bouquin sur John Kennedy.

Le surfer s'est encore approché, en prenant appui sur le dossier de la chaise libre qui me faisait face et en écartant son sourire. Si j'ouvrais la conversation en français, il tirerait la chaise et s'assoirait dessus.

Il n'a pas attendu que je lui cause dans la langue de Molière, il l'a fait direct. Son pote du désert est resté derrière lui, il ne disait rien et son visage impénétrable restait impassible comme de la pierre.

C'est au moment où il s'est assis que j'ai repéré les traces sur ses bras, au surfer culotté.

– Arrêtez de déconner, il a fait, je vous ai entendus parler en gaulois toute la soirée.

Là, je l'ai maté, froidement. Fallait pas qu'il se la joue. J'ai avalé une bonne lampée de bière locale.

– Je déconne qu'avec mes amis, j'ai déclaré. Et mes amis je les choisis avec soin.

J'avais perdu la bataille, j'avais engagé la conversation. Quel con, je me disais.

Il s'est calé en arrière, bien droit sur le dossier.

– Merde alors, il a fait d'un ton bizarre, à moitié goguenard, qui ne m'a pas plu du tout.

Karen ne disait rien. Il y avait comme deux duels séparés, l'un entre le Sahélien et Karen, et moi avec le surfer blondasse.

J'attendais qu'il en vienne à ce pour quoi il était là.

Il n'a pas traîné. Il s'est brutalement penché au-dessus de la table. Je voyais mon image dédoublée dans ses lunettes noires à la con.

– Eh ? Vous êtes pas là pour faire la fête, merde ? Faut s'éclater, ici c'est l'Afrique…

– Sans blague, tu t'éclates, toi ? j'ai demandé, incrédule.

J'ai vu qu'il cillait, son sourcil droit s'est mis à papillonner sur un tic nerveux. Il encaissait, mais mal, son sourire se figeait.

– Eh ? il a fait, ça vous dirait pas quelque chose pour accompagner la nuit, hein ?

Je n'ai rien répondu, je ne le quittais pas des yeux, et je voyais qu'il hésitait entre le retrait en douceur et l'opération commerciale.

Il s'est lancé, en bon dealer.

– Un peu de schnouffe, de la bonne ? il a repris. Ou alors de la blanche, ou de la beu' si vous préférez, on a une zaïroise, je vous dis pas. Du crack ? On a même des extas… des trucs hollandais, hyperbons…

– Et un débouche-chiottes, j'ai répondu, t'as pas ?

Il s'est figé, pour de bon, cette fois. Il s'est de nouveau fermement appuyé contre le dossier de sa chaise.

– T'es un petit malin, toi…, il a fait, avec son sourire-rictus.

– Je suis un mec qui passe une soirée tranquille à boire des bières et qui veut pas qu'on l'emmerde, j'ai répondu.

Il s'est de nouveau penché vers moi, moins près toutefois. Je voyais toujours mon image dédoublée par ses lunettes modèle police.

– Mais dis-moi petit malin, p'têt' que la petite dame elle a son mot à dire, non ?

Karen avait gardé ses lunettes mercurisées, à cause des effets encore visibles et plutôt pittoresques, même en Afrique, du virus. J'ai compris que l'autre taré la prenait pour une junk, comme lui. Patate, j'ai pensé.

– La petite dame, elle boit des bières et elle veut pas qu'on l'emmerde non plus, j'ai répondu.

– Ah ouais, il a fait, on pourrait p'têt' lui demander son avis, non, tu crois pas ?

J'ai ouvert mon plus grand sourire et j'ai dit :

– Vas-y, demande-lui.

Il s'est tourné vers Karen qui le regardait, la main sous le menton, l'air de s'ennuyer prodigieusement.

– Alors, miss, il a insisté même pas discrètement, ça vous dit pas de la bonne coke toute fraîche de Colombie, hein ? Ou alors de la bonne zaïroise, rien que des têtes, hein...

Karen le fixait de ses verres miroirs, aussi impassible que le mec derrière le surfer, droit comme un piquet de tente planté dans le désert.

Ses lèvres se sont ourlées d'un pâle sourire, fugitif.

– Dis-moi, elle a fait, t'as pas répondu à la question de mon copain tout à l'heure...

– Au sujet de quoi ?

– Au sujet du débouche-chiottes.

Il a eu un fragment d'instant de latence, puis il a froncé les sourcils.

– Qu'est-ce que c'est que ces conneries ? il a lâché, l'air mauvais.

– Ouais, elle a repris direct, parce que si t'en avais eu un, t'aurais pu te l'enfoncer dans le cul pour essayer de déboucher toute cette merde... tu vois ?

Il y a eu un instant magique de suspense, pur, infiniment pur.

C'est comme si on venait de s'isoler dans une bulle stérile, avec le monde qui bougeait au ralenti autour de nous. Nous quatre, le surfer, le Sahélien, Karen et moi, on formait comme un carré VIP au milieu d'un casino fatal. Mon cerveau était en état d'alerte maximale. J'essayais de contrôler la phase augmentée en me remémorant les enseignements zen que j'avais appris au Centre 14, et les séances de tai-chi que mon prof de kung-fu nous obligeait à aligner, avant chaque entraînement. Conserver le vide en soi, tout rassembler sur le centre d'énergie du plexus, garder les muscles détendus, ne pas penser, écouter, voir, prévoir, deviner, anticiper.

Ne pas penser. Stop.

Je suis sûr que l'autre fils de pute s'est congelé sur place. J'ai vu qu'il encaissait au plus mal, il a blanchi, ses mâchoires se sont contractées, je m'attendais qu'il pète son fusible d'un instant à l'autre.

Moi je n'étais qu'un souffle caressant la feuille du saule au bord du lac, une figure mentale du professeur Chen Lin, très efficace dans ce genre de situation. Mais comme il nous le disait de sa petite voix qui pouvait parfois rugir comme dix tigres en fureur, le souffle du vent peut devenir tempête, la feuille peut devenir rasoir, le saule devenir bélier. Et le lac ? demande alors toujours l'élève voulant se faire bien voir. Quel lac ? répond invariablement Chen Lin à celui-ci, lui montrant en une seconde que toute la philosophie zen peut se résumer en un trait d'humour british. Car si l'élève insiste, genre « mais le lac du saule avec la feuille caressée par... », le vieux maître de Hong-Kong émigré à Paname à la fin du XXe siècle lui demande alors s'il voit le lac dans son esprit, l'élève répond oui. Vois-tu les saules comme des reflets dans le lac, l'élève généralement ferme les yeux et répond oui, maître. Vois-tu un jeune homme sur le bord du lac, oui, répond le type à demi hypnotisé. Est-ce que tu te reconnais, oui, oui, fait l'élève. Alors jette-toi dans le lac. Bien, fait l'élève fayot, voilà. À ce moment-là, Chen Lin se retourne sans même lui adresser un regard et s'en va à l'autre bout de la salle pour se placer dans une position ou une autre. Au bout d'un moment, les yeux fermés ou non, l'élève réagit et s'agite ou demande en bégayant : mais maître que dois-je faire ?

Et là Chen Lin se tourne immanquablement vers lui et avec un grand sourire : apprendre à nager.

Ce qui signifie généralement pour l'élève la claque majeure de sa petite vie d'Occidental bavard : il faut d'abord apprendre à poser les questions avant de s'y risquer.

Voyez, si je vous raconte ça c'est que c'est à peu près le temps qu'a duré cet intervalle de suspense électrique où on se jaugeait tous les quatre, comme autour d'un poker d'enfer ou du flingue chargé pour la roulette russe.

Le surfer aux Ray-Ban police s'est lentement redressé jusqu'à son dossier, et j'ai vu qu'il nous matait salement derrière ses lunettes, il puait la haine et l'envie de nous pulvériser, il aurait volontiers attrapé une des bouteilles de bière qui traînaient sur la table pour me l'envoyer dans la gueule avant de s'occuper de Karen. Je pouvais lire tout ça sur sa figure, c'en était pas de la télépathie, juste de l'observation soutenue.

Il s'est finalement gratté le coin de la bouche et il a fait claquer sa langue.

– Quel joli petit couple de branleurs, hein, Ahmed ? Une espèce de connard à tête rase et une suceuse de pines qu'on voudrait même pas sur le port...

Le Sahélien s'est contenté de ne rien dire et de hocher très légèrement la tête, ce qui pour lui devait valoir un discours d'intronisation à l'Académie.

Le surfer s'est relevé brutalement et a envoyé valdinguer la chaise contre notre table.

Je voyais qu'il maîtrisait à grand-peine l'envie de nous détruire sur place, mais qu'il était conscient que ça ne serait pas jouable, pas ici, avec toute cette foule, et les flics qui rôdaient un peu partout dans leurs vieilles jeeps pourries.

Je lisais tout ça sur sa gueule, le fait qu'il se réservait pour plus tard, bande d'enculés.

Il a juste pointé son index et nous l'a fait façon : c'est pas sage, on se reverra. Entre panpan cucul et la prochaine fois ça saignera.

Je lui souriais calmement, sans aucune provocation, j'étais la feuille du saule caressée par le vent au bord du lac…

Lui et le Sahélien ont disparu dans la foule en s'y frayant un passage comme des serpents dans les hautes herbes.

– Quels cons, a dit Karen.

On était dehors lorsque je lui ai fait remarquer qu'elle y avait été un peu fort. On marchait un peu au hasard dans ce quartier situé près du port d'où nous parvenaient des odeurs salines. On avait un petit coup dans le nez et Karen avançait un peu devant moi, en faisant l'acrobate sur un alignement de parpaings qui traînaient le long des murs.

– J'suis pas bourrée, j'tiens le coup, elle m'a répondu, regarde…

Elle s'est mise en équilibre sur une brique de béton et elle a esquissé une figure de ballerine. Karen m'avait dit un jour au détour d'une phrase qu'elle avait fait de la danse et de la gymnastique, jusqu'à ce que le test de dépistage multiviral l'envoie direct au Centre numéro 14. Au Centre, elle s'était débrouillée pour conserver un rythme de quelques heures d'entraînement quotidien. Moi, j'y étais devenu nettement plus feignant, mis à part les séances de yoga que j'avais commencées à la fin de mon séjour, je ne faisais pratiquement plus rien sinon quelques balades autour des immeubles à conteneurs.

Mon état s'était stabilisé sur une plage de faible intensité, il y avait juste cette netteté digitale de l'univers, avec ses lignes dures et ses lumières palpables.

On était en train d'arriver sur le port, près des docks. Plusieurs navires étaient à quai, des cargos russes, indonésiens ou brésiliens, des chalutiers du coin, des ferries régionaux. Mais là où on arrivait il n'y avait rien, sinon une petite barge rouillée remplie d'ordures métalliques.

Quelque chose a étincelé dans la nuit devant moi, sur la gauche, à proximité d'un bâtiment plongé dans l'obscurité, près d'un amoncellement de barils métalliques, le reflet mourait et naissait par intermittences, en se déplaçant parallèlement à nous. Mon cœur s'est offert une petite saute de tension, un truc que n'aurait pas pardonné Chen Lin.

Mon cerveau a traité les données et a établi une conclusion toute simple. On était suivis. On était suivis par quelqu'un portant des lunettes pouvant renvoyer la lumière. Comme des Ray-Ban police.

Téléphoné, votre gag, les gars, j'ai pensé.

C'est bizarre, maintenant que j'y repense c'est comme si je m'y attendais, depuis que les deux mecs avaient disparu dans la foule, la chose s'était tranquillement installée dans les sous-sols de mon esprit. C'était trop évident, comme la trajectoire fatale conçue pour un roman, mais c'était comme ça : les mecs, et surtout le surfer junkie, ne voudraient certainement pas finir la soirée avec ça en travers de la gorge. C'étaient des impulsifs, des animaux de la rue, juste assez civilisés pour ne pas commettre l'irréparable en public, justement le genre à vouloir nous coincer vicieusement dans un endroit désert.

Je me suis approché de Karen, sans même me presser, je me surprenais moi-même de constater que j'étais toujours la feuille du saule, etc.

Elle testait ses entrechats entre deux parpaings.

– Karen, j'ai fait, on va passer à un peu d'athlétisme si tu veux bien.

Elle m'a regardé, en abaissant ses lunettes d'un geste étrangement sexuel, son œil brillait d'un éclat sauvage, lubrique. J'ai immédiatement compris le malentendu, j'ai enchaîné à la seconde.

– Non. Pas ça. Je te propose une petite pointe jusqu'au bout de la jetée.

Elle m'a considéré comme si rien ne pouvait plus l'étonner, venant de ma part.

– Tu veux recracher tes gros pétards des derniers jours ?

Elle a relevé ses verres mercurisés d'une pichenette arrogante.

– Non, j'ai répondu, je veux lâcher les deux gros cons qui nous suivent.

J'ai vu comme une zébrure ultraviolette derrière les verres miroirs.

Merde, je me suis dit, elle est censée être en phase post-critique, comment ça se fait ? Le rayonnement, d'habitude, ne survient que lors des phases d'état augmenté.

– T'inquiète, elle a dit, il ne peut rien nous arriver.

Je l'ai toisée quelques secondes. L'envie me démangeait de lui demander comment ça se faisait qu'il nous était arrivé déjà tant de trucs au contraire, mais je me suis retenu. Karen a vingt et un ans, c'est pas encore une adulte, et plus tout à fait une ado, elle oscille constamment entre les deux états, à la recherche d'un équilibre fragile entre ses désirs et l'appréhension du réel.

– Bon, d'accord quand même pour une petite pointe, juste pour tenir la forme ?

Elle m'a pris par le bras.

– Relax, viens. On va marcher par là-bas.

Elle m'attirait en direction des quais, vers une sorte de cantine-restaurant, fermée, et obscure.

Mon cerveau survolté a détecté un ultime mouvement du reflet aux teintes métalliques, puis plus rien, on marchait sur le bord du quai, un gros entrepôt à notre gauche, la cantine un peu plus loin, et puis tous les halls de déchargement et les grues, plus loin encore, dans la partie active du port. Ici ça semblait une zone condamnée, la cantine-restaurant était murée, elle disparaîtrait bientôt sous les assauts des bulldozers. Le port d'Abidjan était en train de devenir un des plus attractifs d'Afrique de l'Ouest.

On avait passé la cantine-restaurant et on marchait le long d'un hangar en tôle ondulée, en direction d'un autre hangar. Les quais étaient éclairés par des projecteurs blafards espacés de loin en loin, et quelques veilleuses orange, disposées sur les portes des hangars ou aux abords des navires.

Mon cerveau a senti quelque chose avant que ça ne survienne. Une vibration noire, mauvaise, un signal...

Hypnotisé, j'ai vu deux silhouettes surgir du coin de l'entrepôt, à trente mètres.

Le surfer le long de la façade de tôle, le Maure sur le bord du quai.

Ils n'essayaient même pas de la jouer genre on passait par là en sifflotant, ils venaient droit sur nous, à bon train. On ne pouvait pas se méprendre sur leurs intentions.

Le surfer avançait comme un taureau la tête en avant, le Maure glissait à ses côtés comme un fantôme dans sa gandoura bleue et blanche.

Le surfer avait enlevé ses lunettes, je discernais des yeux caves enfoncés dans leurs orbites, d'une couleur indéfinissable mais chargés de l'envie de meurtre. Il tenait un truc dans une main que j'ai vaguement identifié comme un tuyau de plomb, long de soixante bons centimètres. Le Maure avançait sans même qu'on voie ses mains, planquées dans les plis de sa gandoura.

J'ai cherché des yeux quelque chose qui traînerait sur le sol. Je n'ai trouvé qu'une bouteille de bière vide.

Ils allaient nous saigner.

La seule fois où j'avais vu Karen se battre c'était au Centre 14, dans son immeuble à conteneur, celui situé juste en face du mien, dans cette structure circulaire agencée par des urbanistes du ministère de l'Intérieur.

Dans son bloc, au 17e étage, il y avait une grosse salope, Mira, une goudou de choc, genre dure à cuire et bien perverse, elle avait toute une cour de petites courtisanes et de nombreuses esclaves dans tout l'immeuble. Un soir, deux amazones de Mira avaient voulu s'occuper de Karen qui avait à plusieurs reprises décliné ses avances. Karen les avait expédiées en quelques mouvements parfaitement ajustés, et vraiment vachards. Tous les mâles des immeubles « masculins » contemplèrent le spectacle depuis leurs murs-fenêtres grillagés, moi y compris, et tous applaudirent aux deux KO techniques. Mira n'essaya plus jamais de se taper Karen, elle avait ce qu'il lui fallait, il était inutile de se créer des problèmes avec cette provocatrice qui avait envoyé deux grosses truies à l'infirmerie du Centre, avec des lésions sévères. Karen fut changée d'étage et mise dans un bloc à part, avec une punition.

Plus tard, quand on se retrouva au bloc du docteur Cohen-Solal, une structure d'étude mixte, un des premiers trucs que je lui avais demandé c'était quel enseignement elle avait suivi. Taekwondo ? Technique de Shaolin, variante mandchoue ?

Non, elle m'avait répondu, tsahal.

Plus tard, je suis arrivé à lui arracher l'explication, un de ses oncles, le frangin un peu bizarre de son père, avait servi entre 1965 et 1982 dans les paras israéliens, forces spéciales.

Il s'était tapé toutes les grandes guerres de l'État hébreu, sauf l'Indépendance et le canal de Suez.

Plus tard, il avait appris à Karen de nombreuses techniques de close-combat, modèle tueur parachutiste spécialiste des actions de nuit. Ça l'avait amusée et elle avait pensé s'en servir pour le ballet qu'elle monterait un jour, une version dansée d'*Apocalypse Now*. Incidemment, elle m'avait dit, ça lui avait servi à se tirer de plusieurs situations hasardeuses.

Je l'ai regardée, elle était outrageusement belle, elle venait d'enlever ses lunettes. On ne se bat pas avec de tels objets sur le nez ni devant les yeux, ses yeux, comme deux billes bleu acier avec l'irisation froide de la lumière virale.

– La situation est très critique, j'ai dit.

Elle s'est tournée vers moi, en souriant, l'air de dire : T'inquiète pas, il ne peut rien nous arriver. Elle entourait la lanière de cuir de son sac dorsal autour de son poignet, les types étaient sur nous.

Le surfer s'est précipité vers moi tandis que le Maure avait visiblement pour mission de s'occuper de Karen. Je n'ai pas pu suivre ce qui se passait de son côté, sinon son premier geste, elle a envoyé son sac en plein dans la gueule du type qui n'a pu l'éviter qu'à moitié. Un T-shirt aux couleurs orange passées me fonçait dessus en poussant un « FILS DE PUTE, PRENDS ÇA ». Le tuyau de plomb faisait une ombre grise au bout de son bras. L'ombre s'est jetée sur moi, rapace géométrique s'abattant du ciel.

Je l'ai évité, comme le saule ployant sous le vent. Chen Lin fait partie de ces maîtres traditionnels qui ont choisi de revivifier les anciennes techniques en y adjoignant de nouvelles, ou en provenance d'autres arts martiaux, comme l'aïkido. Maître Chen Lin est également un expert de cet art japonais, il est très respecté là-bas.

Je me suis mû autour du surfer, comme attiré par son centre de gravité, et je me suis contenté de passer derrière sa masse fluo délavée, alors que son corps se déséquilibrait et que son tuyau ne rencontrait que le vide. Je n'avais pas des masses de choix : un side kick en plein dans les omoplates et le type est allé valser sur le béton, j'ai fait exploser la bouteille de bière contre la paroi du hangar et je me suis campé en position, une garde Chine du Sud revisitée par Bruce Lee.

Le surfer me faisait face, le rictus baveux, l'œil électrique, campé comme une grenouille, bien profond sur ses jambes, une main en appui sur le sol. Il venait juste de se rétablir.

– Fils de pute..., il a lâché entre ses dents.

Manquait de conversation, je me suis dit, ma jambe est partie latéralement, après deux petits pas chassés pour le réglage, façon boxe thaïe, un autre sport de combat que je pratiquais en alternance avec les enseignements de maître Chen Lin.

Fallait que mon tibia lui défonce la joue, ou la tempe.

Je l'ai eu dans le cou, parce qu'il se relevait à cet instant. Il a poussé un râle en valsant sur le côté, il est tombé mais il s'est mis à ramper comme un crabe sur le béton défoncé du quai. Il s'est éloigné de moi puis s'est redressé, un peu sonné tout de même.

À dix mètres de moi, j'ai vu le Maure essayer de toucher Karen avec un couteau à lame recourbée, Karen venait de l'éviter et elle lui renvoyait un coup de sac dans la gueule, suivi d'un coup de pompe dans le bas-ventre, très adroitement. Le Maure jura dans une langue du désert.

Le surfer revenait vers moi, plus prudemment, il essayait de se la jouer je sautille à la Cassius Clay maintenant, il tapotait son tuyau de plomb contre la paume ouverte de son autre main, en battant un petit rythme, il se croyait dans *Orange mécanique*, le con. Il s'est marré, ses yeux explosaient d'un incendie de coke, ou d'héro, ou de speed, ils brûlaient du magnésium de la rage.

J'ai attendu qu'il s'approche, je me suis déplacé sur le côté, il m'a suivi, et s'est lancé, le tuyau de plomb a fusé dans l'air au bout de son bras, j'ai pivoté dans le sens inverse à mon déplacement, et j'ai balancé ma jambe en arrière, un spin kick classique. Je l'ai eu dans le sternum, assez fort pour dérouter son attaque au tuyau mais pas suffisamment pour le sonner vraiment, il s'est précipité sur moi, coup de pompe dans le buffet, j'ai pas pu l'éviter, violent coup de tuyau, en revers, à mi-hauteur, pour m'avoir dans l'épaule ou les côtes, vicelard, n'importe où pourvu que ça fasse mal.

Je manquais d'entraînement, j'ai tardé à réagir. Je me suis baissé en dernier recours, l'erreur, putain, je l'ai pris en plein dans le haut du crâne. Ça a fait le bruit d'une bombe nucléaire explosant sous mes pieds, un voile de lumière rouge s'est interposé devant mes yeux et la douleur a irradié, comme un cancer fulgurant. J'ai étouffé un cri et je me suis effondré sur un côté, perte d'équilibre, merde, ma main qui tenait la bouteille de verre s'est écrasée sur le béton du quai, ça a éclaté sous ma paume et ça m'a salement coupé. J'ai aperçu un pied m'arriver dans la figure. Je me suis propulsé en arrière, mais pas assez vite, ni assez loin, il m'a atteint en plein front. C'est dans un brouillard cotonneux que j'ai roulé à toute vitesse sur le sol, je sentais un liquide chaud me couler dans le cou. Ma main gauche me brûlait en de multiples endroits. J'avais la tronche comme une pastèque. Je me suis relevé, moins fier. J'ai essayé de me tenir droit, mais je n'étais plus que roulis et tangage, j'ai vu une forme vaguement lumineuse venir à ma rencontre, j'ai discerné un sourire cruel, des yeux injectés de dope, et un cylindre gris noir qui battait l'air.

– Fils de pute..., il a refait.

J'y suis allé, de tout mon instinct de survie, le souffle devenait tempête, le saule bélier. Un coup ultrasimple, boxe thaïe, le pied en avant, en plein sur la forme orange fluo, droit dans la cage thoracique, un coup généralement destiné à maintenir l'adversaire à distance. Je ne me suis pas trop mal démerdé. L'image d'un cageot qu'il fallait détruire a envahi mon esprit lorsque j'ai déplié ma jambe à sa rencontre. J'y ai mis tout le *qi* possible, en poussant un cri rauque. Ça a fait un bruit mat. Ça l'a cloué sur place, il s'est plié en faisant un bruit bizarre, genre inspiration d'asthmatique.

Moi, je m'étais mal rétabli, mon coup a bien porté, mais j'ai perdu l'équilibre et je suis parti en arrière. Je suis salement retombé sur le béton du quai. Plein coccyx. La douleur est remontée le long de ma moelle épinière à la vitesse du courant électrique.

Mais fallait pas mollir, je me suis relevé en poussant un cri de douleur. Je voyais Karen se débattre face au grand Mauritanien, elle envoyait des coups de pompe et de sac bien ajustés qui maintenaient le type et son couteau à distance, mais ça ne durerait pas. Le type commençait à parer, bientôt il passerait méchant à l'attaque.

Le surfer se tenait devant moi, les yeux envahis de larmes. Ça lui avait fait vachement mal ce coup en plein plexus, et il peinait à reprendre son souffle. Mais il s'est mis à avancer, sa rage dégageait presque un halo visible. Moi j'avais mal au cul, et je savais que ça ne passerait pas, au contraire, si je m'étais cassé le coccyx, ça ne ferait qu'empirer, fallait mettre un terme à cette mauvaise parodie de bagarre de saloon.

Le surfer a changé de tactique, il y est allé façon karaté de bazar. Il a essayé un enchaînement de coups de pompe, il réservait le tuyau de plomb pour un coup en vache.

J'ai paré convenablement les deux coups, mais il y en a un qui m'a quand même fait mal à la cuisse. J'ai esquivé la tentative de coup de tuyau, ça m'a salement amoché l'avant-bras gauche, mais j'ai rien pu faire contre le troisième coup de pompe qui m'a méchamment secoué les côtes, tant pis, je voulais juste qu'il s'essouffle encore un poil.

Lui, il voulait en finir, ses yeux étincelaient comme des répliques de ses Ray-Ban, il a préparé son coup, avec son putain de tuyau, assez soigneusement pour que je saisisse le bon moment au vol, à l'instant précis où il s'est élancé, j'ai contre-attaqué avec un enchaînement thaïe-boxe de Shaolin, knee kick à la Bruce Lee, avec le talon, juste derrière le genou de sa jambe d'appui – ça lui fait un mal fou et ça l'a stoppé net –, enchaînement direct avec un leading side kick, en plein dans le thorax, il a reculé, j'ai poursuivi avec une bonne prune du poing droit, qui a atterri sur la pommette dans un bruit sec, ça l'a sonné, il a vacillé, fallait creuser l'écart, un coup de pompe latéral dans les côtes avec le tibia, pour le déstabiliser, un pas d'insertion, coup de coude dans la mâchoire, suivi direct d'un autre coup à la face, toujours de mon poing valide, il a reculé en titubant. Je lui ai mis un autre taquet, un crochet en pleine poire, sa tête a oscillé comme un culbuto, il a encore reculé. Voulait pas tomber, ce con.

Ma blessure à la tête pissait à flots, du sang me coulait de partout, sur le front, dans les yeux, le cou, mais je me suis bien réglé. J'ai ajusté le tir et j'ai envoyé mon pied à la rencontre de sa tronche. Il a essayé de parer avec son tuyau, mais il se l'est quand même pris en pleine tempe. Son cylindre de plomb m'a méchamment défoncé la cheville, en retour.

– Même pas mal, j'ai fait.

– Fils de pute, il a grimacé, les yeux vitreux.

Il ne tombait toujours pas.

Je me suis repositionné. Il a foncé de nouveau, comme un animal blessé, un taureau aveuglé par la rage et la douleur. Il hurlait. Il a envoyé le tuyau, comme au coup précédent, mais c'était très approximatif, et cette fois je l'avais vu venir.

J'ai bloqué. Wu-Shu.

Son bras, je l'ai enserré dans la clé, en bloquant le poignet dans une position très douloureuse, au même moment j'y allais à coups de genou, boxe thaïe, comme un forcené, à deux, trois, quatre reprises, l'aine, le foie, la cuisse, en béquille, les burnes pour terminer. Un coup de boule dans le nez. Un coup de genou sous les côtes. Une rotation pour faire pivoter le bras de façon à lui briser le poignet, en s'aidant de son propre poids. Les gestes mille fois répétés dans la salle de maître Chen Lin. Le craquement m'a semblé un accord parfait dans une longue et complexe mélodie.

Son hurlement a résonné en percussion bizarre contre les surfaces de métal des hangars. Le tuyau a roulé sur le béton dans un bruit métallique.

Je l'ai relâché, il vacillait comme un pantin coupé de ses fils. Ses jambes se sont ramollies, ses yeux étaient rouges de souffrance, ils se sont révulsés.

– Fils de…, il a gémi.

– T'aurais pas dû marcher sur mes *blue suede shoes*, ducon.

Je lui en ai envoyé un bon, un high kick bien déplié en pleine gueule. Ça l'a propulsé contre le hangar. Il a essayé de se redresser, en se tortillant contre la tôle, il ne voyait plus rien, mais il voulait se prouver qu'il était un vrai de vrai.

Je l'ai terminé en lui envoyant un simple coup de savate dans le bide, j'ai soigné le coup de grâce, quand il s'est plié en expulsant l'air, je l'ai atteint du poing en pleine mâchoire, à hauteur de la bouche. Le jet de sang ressemblait à un coup de pinceau dans l'air. Il est retombé comme un pantin en arrière, sa tête a heurté le hangar, il s'est affaissé comme un tas de chiffons.

J'avais toujours vachement mal au cul, mon crâne pissait le sang, j'avais la main gauche pleine d'éclats de verre, et en plus j'avais la droite comme un ballon de basket, à force de lui avoir tapé dessus.

Derrière moi, j'ai entendu le râle de quelqu'un qui mourait.

Sous le halo bleu et froid du projecteur, je n'ai d'abord discerné que deux silhouettes bizarrement assises l'une en face de l'autre, sur le béton nimbé d'huile de vidange.

Je voyais la gandoura bleue et grise, et le turban noir du Maure, appuyé contre une bite d'amarrage. La surface grise et rouille de la vieille barge remplie d'ordures métalliques en rideau de fer juste derrière, face à lui, Karen, les jambes écartées, jouait avec quelque chose que je ne voyais pas.

C'est à ce moment que j'ai entendu le râle une seconde fois, sans discerner de quels poumons il sortait.

– Karen, j'ai lancé, Karen, ça va ?

Je cavalais vers le bord du quai.

Elle n'a pas répondu, j'étais salement inquiet.

Je me suis agenouillé à ses côtés, elle tripotait machinalement le couteau du Maure, un très beau poignard traditionnel, entre ses cuisses. Son regard était irisé par la lumière UV, ses yeux étaient pointés vers un nulle part incalculable. Les jambes du Maure étaient allongées dans le prolongement de celles de Karen, il se tenait le dos appuyé contre la bite d'amarrage et respirait avec difficulté, ses yeux se révulsaient, et ses mains tremblaient, mais le reste de son corps semblait aussi rigide qu'une statue. Je lisais une terreur sans nom sur ses traits raidis, sa bouche crispée, ses yeux hagards.

Ses yeux où miroitait sournoisement une lueur mauve aux irisations spectrales.

Je me suis retourné vers Karen qui fixait un endroit situé entre ses pieds et la galaxie Andromède. Puis à nouveau le Maure qui crevait. Aucune trace. Aucune trace de blessure, pas de sang, rien.

J'ai refait face à Karen, son visage était livide, une mousse verdâtre perlait au coin de ses lèvres, la lumière UV tourbillonnait en rosaces luminescentes au cœur de sa pupille.

– Karen, j'ai demandé de nouveau, Karen, ça va ?

Elle ne m'a pas répondu, mais dans mon dos j'ai entendu le Maure murmurer quelque chose.

Je me suis tourné vers lui.

Ses lèvres tremblaient, il essayait de lever sa main dans notre direction.

Il répétait obstinément quelques mots dans une langue que je ne comprenais pas, et qui évoquait vaguement l'arabe.

Je le regardais sans rien dire, l'air de lui demander d'articuler.

Le tremblement sur les lèvres s'est espacé, la main est retombée sur le sol, se raidissant peu à peu. Son regard nous hurlait qu'il était en train de mourir et qu'il en avait une conscience aiguë.

Ses mots touaregs finirent par s'éteindre. Puis son regard se vida, à l'exception de l'étincelle violette qui dansa quelques secondes dans son iris avant de s'évanouir à son tour.

J'entrevis Karen se raidir violemment.

Ses yeux se dirigeaient vers le ciel de nuit, au-dessus de la tête du Maure.

Elle était en transe, en connexion, je me suis dit sur le moment.

Avec quoi ?

On aurait dit une sainte surprise par une apparition.

La lumière UV dansait calmement dans sa prunelle mais son visage était blafard, les traits tirés trahissant un épuisement complet.

Elle m'avait regardé droit dans les yeux, et avait poussé un soupir.

– Fais-leur un shoot, elle avait murmuré, froidement.

– Quoi ? j'avais demandé, connement.

– Un shoot, ils ont les poches remplies de leurs putains de dopes, faut leur faire un shoot.

Elle avait dit ça comme une évidence répétée à un petit garçon incorrigible.

– Pour quoi faire ? j'ai repris, tout aussi connement.

Elle a poussé un soupir explicite.

– Ils ont des Steribox, et plein de doses, faut qu'tu les shootes.

– Attends voir, c'est une réponse à « pour quoi », ça ?

Elle m'avait fixé longuement de ses yeux d'enfant innocent, la lumière UV semblait dire, attention, je suis aussi innocente qu'une arme qui a déjà tué par deux fois.

Elle a soupiré.

– Pourquoi à ton avis ? Parce qu'il faut qu'on croie qu'ils se sont entretués sous l'effet de la dope.

J'ai jeté un coup d'œil vers la masse qui gisait au pied du hangar, ça ne bougeait pas mais c'était encore vivant. Le Maure y était passé, ça, c'était sûr, Karen avait dû se retrouver en mauvaise posture et elle lui avait balancé son putain de missile neuroviral. Mais mon pote le surfer, lui, je l'avais laissé inconscient, pas refroidi.

– Faudra que tu m'expliques comment un mec pas mort a pu *s'entretuer* avec quelqu'un d'autre.

Ses yeux innocents ne me lâchaient pas.

– De quoi tu parles ? elle a fait.

J'ai montré la masse aux couleurs fluo délavées qui s'est animée vaguement dans son coin.

– Je parle de lui. Comme tu peux le constater, il est pas tout à fait mort.

Ses yeux se sont portés vers le hangar de tôle ondulée où la forme geignait doucement.

Puis elle s'est de nouveau tournée vers moi.

Elle a tendu le bras pour que je l'aide à se relever, ce que j'ai fait. Elle a marché doucement vers la forme aux teintes fluo. Puis s'est arrêtée à quelques pas en crachant par terre.

– J'suis désolée, elle a fait, je viens de perdre au moins dix millions de neurones en m'occupant de l'aut'enculé, j'ai plus un microgramme d'énergie... J'pourrais rien faire...

Je l'ai regardée, avec intensité.

– De quoi tu m'causes, d'un meurtre de sang-froid ?

Elle m'a toisé, du mieux qu'elle pouvait.

– Qu'est-ce que tu crois, banane, elle a continué, l'aut'con est déjà clamsé, celui-là vaut pas mieux que lui, il nous dénoncera à la police ivoirienne, tu crois pas qu'on a suffisamment d'emmerdes comme ça ?

Je la regardais sans la voir vraiment.

Une sorte d'abîme s'ouvrait sous mes pieds. Elle avait raison.

C'était ça le plus terrible, le plus difficile à accepter. Ce con de surfer nous avait vus au bar, il savait qu'on était français, il connaissait notre signalement, on aurait les flics d'Abidjan au cul, même si la mort d'un dealer touareg, ma foi, ça ne les ferait pas pleurer plus que ça.

– Je sais, m'a répondu Karen quand je lui ai exposé mon problème en quelques mots – « pour l'assassinat de sang-froid c'est non » –, c'est pour ça qu'il faut qu'on les shoote... Le Maure je pourrais lui rétablir une douzaine de pulsations cardiaques, le temps qu'il nous pompe une seringue. Celui-là faut s'en occuper tout de suite, lui injecter une OD.

– J'vois pas la différence, j'ai fait.

– Tu vois que dalle, elle m'a répondu, pousse-toi, je vais le faire.

Je l'ai attrapée par le bras, elle a pivoté et m'a fait face, la lumière UV semblait lentement se dissoudre, mais son visage traduisait des émotions contradictoires, rage, violence, désespoir et mélancolie extrême.

– C'est pas à eux qu'on va faire un shoot, c'est toi qui vas rentrer bien sagement à l'hôtel, t'avaler une dose d'epsilon et te mettre au pieu.

Elle a soutenu mon regard.

– J'aimerais voir ça, t'as déjà entendu parler des taules ivoiriennes ? T'as envie de revoir le pays, sinon ?

Je ne la lâchais pas des yeux, le puits d'évidence se creusait sous mes pieds, je sentais mes ultimes barrières morales s'évanouir devant l'image d'un cul-de-basse-fosse africain, ou un modèle made in France encore plus disciplinaire que le Foyer spécial du Centre 14.

Je sentais confusément qu'on était entrés dans une spirale infernale, on allait nous suivre à la trace, avec déjà un cadavre par pays traversé en moyenne, si on comptait le braquage foiré qu'on nous collait sur le dos, on finirait par avoir toute l'assemblée des Nations unies au cul.

C'était sûr, fallait pas qu'on puisse faire le moindre rapprochement entre eux et nous.

Mais une ultime résistance refusa de sauter devant l'évidence criminelle.

J'ai tilté sur un truc.

– Dis-moi, tu crois que ça va arranger nos bidons, deux meurtres au lieu d'un ? Tu crois pas que y aura des témoins qui se souviendront qu'on s'est causé au bar... Tu crois pas que t'es en train de faire une énorme connerie ?

– C'est toi qui racontes des conneries... Le temps que les flics du coin se tapent tous les témoignages on sera déjà loin, lui par contre, il lâchera le morceau dès qu'il aura repris conscience.

Allez, encore un effort, je me suis dit.

– Comment il expliquera la bagarre ? On voulait les braquer et leur flanquer une bonne dérouillée, mon pote il avait un couteau pour charcuter la fille ? La dope ? On est juste des junkies qui dealons pour se payer nos doses, excusez-nous…

Elle a ouvert la bouche pour dire quelque chose, puis l'a refermée, l'argument portait, fallait enchaîner, sans pitié, comme avec l'autre con tout à l'heure, l'autre con dont j'étais en train de sauver la vie, je ne savais même pas pourquoi.

Une idée fulgurante m'a traversé l'esprit, je l'ai suivie à l'instinct.

– Dis-moi, t'as demandé à l'aut'gus là-haut ?

J'ai vu son regard se charger d'incompréhension.

– L'aut'gus, j'ai repris, le saxophoniste cosmonaute, ton saint Albert. Il te refile des putains d'armes neuro-virales, et il t'a visiblement autorisée à t'en servir, mais là tu lui as demandé ? Tu lui as demandé si on pouvait shooter une overdose à un type juste parce qu'il pourrait parler ?

Elle s'est ébrouée, elle a voulu se libérer de mon emprise, j'ai serré la poigne.

– Tu lui as demandé ? j'ai lâché avec violence.

– Non.

– T'aurais dû.

– Pourquoi ça ?

– Parce que posséder une telle arme ne te donne pas tous les droits, et comme tu me l'as dit tout à l'heure, tes piles sont à plat, donc tu peux plus t'en servir...

– Je peux encore lui faire un shoot à cet enculé.

– Non, ça non plus.

– Et pourquoi ? elle me jetait un regard de défi.

J'ai pas flanché, c'était pas le moment.

– Parce que je veux pas, et qu'Albert voudrait pas. Parce que le Maure il a morflé, c'était son destin, lui (j'ai montré le surfer qui s'agitait sur le sol et qui s'ébrouait vaguement) c'est différent, il a survécu.

Elle a jeté un regard de carnassier au surfer, un carnassier dédaignant une viande pas assez bonne pour lui.

– Il mérite même pas de vivre, ce Beach Boy en soldes... Il nous aurait saignés à mort, et en plus ils m'auraient violée, ces enculés, tu le sais...

Elle essayait de se libérer en douceur, en m'apitoyant. Fallait pas que je déconne.

– Il parlera pas, j'ai fait.

– Quoi ?

– Il parlera pas.

– C'est ça, et les politiciens ont des cerveaux, aussi.

– J'te dis qu'il parlera pas.

Elle s'est libérée d'un coup sec.

– Lâche-moi. Tu m'fais chier, on perd du temps, là.

– Tu me laisses faire ?

– Quoi ?

– Tu me laisses faire, et j'te garantis qu'il dira rien, pas un demi-mot, que dalle.

– T'es cureton maintenant, t'es payé pour faire des promesses ?

– Un meurtre de sang-froid, je te laisserai pas le commettre, Karen, alors t'acceptes ma solution.

– Ou quoi ?

– J'ai pas dit qu'y avait un « ou ».

– Si c'est « ou nos chemins se séparent ici », je suis prête à assumer.

– T'assumes rien du tout pour le moment, et on perd du temps en effet, tu me laisses faire, et c'est marre.

Je vrillais mon regard dans le sien, fallait pas que je lâche le morceau.

Elle a senti qu'elle ne pourrait plus rien tirer de moi.

– Fais chier, elle a juste craché.

Elle s'est éloignée vers le bord du quai. Elle dégageait la température d'un frigo en passant à mes côtés.

Je me suis approché du surfer, il venait de se tourner sur le dos en gémissant, il essayait de se relever en s'aidant de ses coudes, mais il était vraiment sonné.

Je me suis agenouillé à côté de lui, l'air faussement sympa qu'on voit dans les films, je tenais son putain de tuyau de plomb à la main, négligemment. J'ai juste posé une extrémité sur sa poitrine. Puis j'ai posé ma pompe sur sa main, je crois bien que c'était celle que j'avais pétée, elle faisait un angle un peu bizarre.

Je l'ai attrapé par la joue, là où j'avais mis un gros pain, c'était tout bleu, il a grogné de douleur.

– Tu m'entends ducon ? j'ai fait.

Il a opiné du bonnet en grognant, ça voulait dire oui.

– Alors écoute-moi bien : t'es juste hyper mal tombé, nous on bosse pour l'État ivoirien, OK ? On est payés par une agence de mercenaires sud-africaine qui s'est mise au service de ce gouvernement de Nègres, tu me suis ?

Il a opiné de nouveau, je ne lâchais pas sa joue.

– On est en mission ici et c'est pas des branleurs dans ton genre qui vont nous foutre des bâtons dans les trous, je me fais bien comprendre ?

Il a tardé à répondre, alors je lui ai un peu tordu la joue et je lui ai tapé la tête par terre.

– J'ai pas entendu ta réponse, ducon.

Voui-voui, il a marmonné entre ses dents cassées, du sang lui coulait de la bouche.

– Alors voilà, je vais t'expliquer le deal, déjà c'est bien beau qu'on vous ait pas butés direct, mais on a des règles pour cette mission, pas d'armes à feu, alors faut qu'on s'en sorte autrement, ton pote là-bas, tu vas aller lui faire un bon shoot, un gros, un qui aura du mal à passer, tu me suis ?

Là, il a rien répondu, de nouveau, je sentais qu'il se bloquait, le con.

Je lui ai salement tordu la joue et je l'ai plaqué au sol, avec le tuyau bien planté sur le cou.

– Écoute-moi bien, Bitembois, tu nous as tous foutus dans la merde, ton pote compris, mais je te promets que si tu t'exécutes pas, ou que si demain j'apprends que t'as raconté quoi que ce soit aux poulets du port ou à tes petits copains ou au chien de ta concierge, je te jure, tu me suis bien, je te promets que c'est un escadron de la mort soigné qui viendra te couper les burnes et les faire frire devant toi avant de te découper comme ça en rondelles toute la nuit, t'imprimes ?

Il a vaguement ânonné quelque chose en hochant la tête. Ça voulait dire oui.

– Des mecs d'ici, je lui ai fait, de gros salopards du ministère, et des mecs à nous aussi, mais nous à côté, on est des dames patronnesses, tu me suis, ducon ?

Je lui écrasais la glotte avec le tuyau, ma main tordant la joue violacée, fallait que ça lui rentre dans le crâne vitesse grand V.

Voui-voui, il a refait, ça rentrait.

J'ai relâché la pression.

Je voyais qu'il reprenait ses esprits, à toute vitesse.

– T'as un Steribox ? je lui ai demandé.

Il a hoché la tête positivement.

– T'as du Striker ?

Le Striker, un nouveau crack synthétique très puissant. Un instant d'arrêt.

Puis un hochement de tête, positif.

– Alors tu vas venir avec nous, je lui ai sèchement ordonné.

Je me suis relevé, en me campant bien droit sur mes cannes, la matraque solidement en main pour qu'il ne se méprenne pas sur qui commandait.

Il lui a fallu une bonne minute pour se redresser de façon stable sur ses deux pieds.

On s'est dirigés vers le cadavre du Maure, au passage, j'ai juste dit à Karen de nous suivre, elle s'est mue d'un pas encore plus lent que le surfer, qui oscillait comme un type qui en tient une bonne. Elle avait remis ses lunettes.

J'ai fait asseoir le surfer à genoux près du Maure, il n'a rien dit en voyant l'état de son pote, il a juste levé les yeux vers moi, d'un air interrogateur, avec une supplique muette, ne me tuez pas, s'il vous plaît.

J'ai attendu que Karen arrive près de nous, mais elle s'est tenue bien droite à quelques mètres.

– Ramène-toi, j'ai fait.

– Je suis censée faire quoi ?

– À ton avis, chanter un air d'opéra ? Bon tu fais le truc le temps qu'on le shoote, le temps que monsieur le shoote.

Je lui ai caressé le haut du crâne avec le tuyau, fallait que je joue mon rôle de gentil-méchant jusqu'au bout, si je voulais qu'il tienne sa promesse, je devais impérativement lui foutre la trouille de sa vie.

La réputation des flics du continent n'est plus à faire, que ce soit à Abidjan ou à Lagos, à Kinshasa ou à Lomé, la simple évocation des mots « ministère de l'Intérieur » donne des angoisses durables à tout citoyen un poil conscient. Le truc de l'agence sud-africaine, je l'avais pompé dans un journal : EXECUTIVES OUTCOMES, une compagnie privée de mercenaires sudaf, s'était mise au service de plusieurs gouvernements de la région dont celui de Côte-d'Ivoire. D'après ce que j'avais lu, les types avaient combattu l'ANC dans le Natal et les townships, la Swapo en Namibie et le régime marxiste du MPLA en Angola, pendant les années de l'apartheid, mais après l'arrivée au pouvoir de Nelson Mandela, ils s'étaient reconvertis dans le privé. Au milieu des années quatre-vingt-dix, ils avaient loué leurs services à leur ennemi d'hier, le régime marxiste de Luanda, et ils l'avaient aidé à exterminer leur ancien allié, l'UNITA de Jonas Savimbi. Leur réputation n'était plus à faire, ils étaient connus dans toute l'Afrique, mais aussi de Kaboul au Yémen, des Andes péruviennes aux îles de la Sonde… On disait depuis peu que d'anciens soldats russes de l'ère communiste venaient d'ouvrir leur propre agence, en s'inspirant de leur modèle…

J'avais conçu le plan en quelques secondes, il n'y avait pas que des conneries dans ce que disait Karen, mais elle avait commis l'erreur fondamentale, s'enfoncer dans la merde au lieu de réagir avec sang-froid, elle était soumise à rude épreuve, je ne lui en voulais même pas.

L'idée de faire un shoot au Maure, je l'avais conservée, maintenant que j'avais intégré le fait qu'elle pouvait faire redémarrer son palpitant le temps nécessaire à une injection, je voyais comment assembler le puzzle. Le surfer, il nous servirait bien mieux vivant que mort, car il allait endosser le rôle de la chèvre, je suis un mec cool et pas vraiment mal intentionné, mais j'ai mes limites. J'allais pas le tuer, il pouvait déjà me bénir rien que pour ça.

– Sors ton Steribox…, j'ai commandé, il s'est exécuté illico, de son bras valide, l'autre pendait, avec le poignet cassé posé sur une cuisse.

Mais une idée a pris forme dans mon esprit, un autre truc de flic.

– Attends, il en avait un aussi, ton pote ?

Le surfer s'est tourné vers moi.

– Un Steribox ? Ouais… évidemment.

Fallait que je prenne une décision au plus vite. L'idée de flic qui m'était venue à l'esprit, c'était « pourquoi le Maure ne s'est pas servi de son Steribox pour se faire son shoot mortel ? », question que se poserait inévitablement tout policier un poil pro s'il tombait sur le cadavre du Maure, avec le Steribox du surfer à ses côtés, ouais, ouais, ça s'enchaînait, bien speed comme un train d'idées fluides, donc, si le Maure n'avait pas utilisé son Steribox, c'est parce qu'il était vide ou inopérant pour une raison x ou y, et que c'était quelqu'un d'autre qui lui avait fait le shoot, avec son propre matos, quelqu'un dont on retrouverait les empreintes digitales sur la pompe, ça tenait, je me disais, survolté, ça tenait.

J'ai extirpé de ma poche une paire de gants chirurgicaux en latex micronisé, modèle standard, le genre de truc qu'on trimballe tous de nos jours. Je les ai enfilés.

– Sors-moi le Steribox de ton pote, j'ai dit. Sors-le très doucement.

Le surfer a obéi, il était devenu très sage tout d'un coup. Il a extrait d'une besace de cuir une grosse boîte blanche et grise, Steribox version complete plus.

J'ai pris la boîte de polystyrène blanche et je l'ai ouverte, délicatement.

Il y avait le dernier modèle de pistolet à capsules, avec son petit piston à air comprimé, un truc de pro, avec une douzaine d'ampoules vides, une demi-douzaine de pleines, et un garrot en néolatex Dupont de Nemours.

J'ai réfléchi deux secondes. Ouais.

J'ai pris les cinq ou six ampoules encore pleines et je les ai flanquées à la flotte, sauf une, un wildcat, un mélange artisanal, je reconnaissais les couleurs tranchées des deux mixtures, séparées par une membrane d'huile étanche qu'on peut placer dans une ampoule avec le minimum de matériel de nos jours. J'identifiais la teinte grisâtre et les flocons blancs en suspension du White Trash, une amphétamine surpuissante, et les irisations rose fluo d'un psychotrope à la mode, le Nerzac.

D'après ce que je connaissais de ce genre de pharmacopées, c'était plus que contre-indiqué avec le méta-crack genre Striker. J'ai foutu l'ampoule dans ma poche et j'ai repassé la boîte au surfer en lui demandant de la replacer là où il l'avait prise.

Puis je lui ai légèrement caressé le haut du crâne avec le tuyau de métal.

– Bon, j'ai dit, retourne-toi, admire la beauté du port quelques instants.

Il a levé des yeux interrogateurs.

– Obéis sagement, il t'arrivera rien.

Je me suis tourné vers Karen, j'avais lancé la machine, elle ne pouvait plus refuser de monter dedans.

Elle a compris sans que je ne lui dise rien. Elle s'est agenouillée près du Maure, pendant que le surfer se retournait sur ses genoux, avec précaution.

– Prépare le shoot, je lui ai fait, froidement. Une dose de Striker.

Ses doigts tremblaient lorsqu'il a ouvert son propre Steribox et qu'il a pris le petit pistolet à seringue. Ils tremblaient encore plus lorsqu'il a placé la capsule dans l'emplacement du piston à air comprimé, de sa seule main valide.

Il a empoigné la crosse d'alu. Du pouce, il a actionné un petit mécanisme. J'ai entendu un claquement. La seringue était prête à l'injection.

– N'y pense même pas, j'ai craché, lorsque j'ai croisé son regard qui louchait vers moi.

Je me tenais à un bon mètre, j'avais le tuyau bien en main, je l'avoinerais à terre avant qu'il ait pu lever un sourcil, je faisais tout pour qu'il en soit persuadé, en tout cas.

Karen venait de placer ses mains à l'emplacement du cœur, sur le corps du Maure. Je voyais la lumière UV danser derrière ses verres miroirs, elle n'avait plus la force de tuer, mais elle pouvait faire repartir un muscle cardiaque pendant dix ou vingt secondes, c'était une information que j'avais complètement intégrée, j'en étais sidéré.

– Tu dois rien voir de l'opération, j'ai expliqué au

surfer, parce que c'est un truc top secret, le simple fait que tu y assistes, sans même piger de quoi il s'agit, ça te condamne déjà à mort par les plus saignants services spéciaux de la planète, tu me suis ? Ce que tu verras après, c'est que la partie émergée de l'iceberg, mais même ça t'auras intérêt à l'oublier.

Faudrait qu'il la boucle, impératif, au risque d'en rajouter, je devais m'en assurer.

J'ai entendu Karen respirer différemment, sa bouche s'est ouverte.

Il n'y a pas eu le bruit désagréable que j'avais entendu à Rabat, avec Messaoud, là, j'ai juste perçu comme une onde, une sinusoïde très pure avec un fantôme de timbre genre harpe dans le fond, ça a fait une petite variation cristalline, puis ça s'est éteint.

Karen tenait toujours ses mains à l'emplacement du cœur. Sa bouche émettait une bave mousseuse.

Elle a relevé ses verres miroirs vers moi.

– Vas-y, elle a dit, d'une voix blanche.

Je me suis adressé au surfer.

– Tourne-toi.

Il a obtempéré mais il s'est figé devant le spectacle. On n'avait pas une seconde à perdre.

Je lui ai flanqué un bon coup de tuyau dans les omoplates.

– Roule. Fais-lui le garrot.

Le surfer a posé la seringue sur ses genoux, puis il a

entouré son ruban de latex autour du bras dénudé de son congénère. Il regardait avec une terreur sacrée les verres miroirs de Karen, avec les quelques pixels violacés qui tourbillonnaient derrière, mais le mec ne faisait pas attention à ça, il regardait Karen et ses mains, ses mains plaquées contre la poitrine de son pote mort, son pote maure, une poitrine qui s'abaissa une fois, puis remonta, un miracle. Puis deux...

Il ne comprenait pas comment c'était possible, et surtout il ne comprenait pas pourquoi on se donnait tout ce mal pour réveiller un mort, le temps de lui faire un shoot. Il ne tarderait pas à comprendre.

– Serre le garrot, ducon, j'ai craché. Magne-toi.

Il a resserré le garrot au-dessus du coude.

Il n'y aurait pas grand-chose, dix secondes, quinze à tout casser. Assez pour gonfler l'artère puis aspirer toute la merde, deux trois pulsations pour tout envoyer dans le moindre recoin de l'organisme, les légistes n'y verraient que du feu.

– Pique-le, j'ai dit pour le motiver un peu.

Lorsque la capsule a été injectée dans le système sanguin, puis éjectée du chargeur, avec le sifflement de l'air comprimé, il n'y a eu aucune réaction particulière du demi-mort.

Le surfer s'apprêtait à défaire le garrot avant que je lui dise quoi que ce soit, sans doute pour se faire bien voir, je l'ai arrêté net.

– Attends. Donne-moi ton truc.

Je lui ai tendu la main pour qu'il y pose son petit engin d'aluminium, ce qu'il a fait. J'y ai chargé la capsule de wildcat et je lui ai retendu la pompe. Je palliais son handicap, le temps nous était compté.

Il l'a prise en hochant la tête comme s'il comprenait quelque chose.

– Pique-le, j'ai répété, en mettant la matraque en évidence.

Il l'a piqué. Sans remords. L'était déjà mort, pas vrai ?

J'ai regardé Karen, comme à un copilote à qui on demande sans rien dire comment ça va.

Elle a fait un signe bref de la tête, indiquant que ça allait.

Ses mains ne quittaient pas la poitrine du Maure.

– Relâche le garrot, j'ai dit, après le sifflement de l'air comprimé.

Il a déroulé le ruban de latex.

Il y a eu deux ou trois secondes de latence, puis le cadavre du Maure a été agité d'une violente secousse.

Il s'est raidi. Les mains de Karen ne le quittaient pas, mais elle-même s'est raidie, sa bouche se crispait sur un rictus assez affreux.

Le corps est retombé, définitivement.

Les mains de Karen ne quittaient pas la poitrine du Maure, mort deux fois en cinq minutes.

Lorsqu'elle s'est détachée, comme à contrecœur, j'ai pigé qu'elle était à plat. Mais fallait pas mollir, on était en train de s'en sortir, je devais assurer le coup. Je ne voyais aucune de ses expressions derrière ses foutus verres miroirs, mais je me doutais qu'elle tombait d'épuisement.

J'ai fait le tour du cadavre et je l'ai aidée à se soulever. Elle s'est relevée avec difficulté, elle respirait par à-coups, et elle a vacillé quelques instants sur ses jambes avant de trouver un poil d'équilibre.

Le surfer regardait tout ça comme s'il s'agissait d'un rêve, d'un cauchemar en l'occurrence.

Il y avait tout le matos étalé à ses côtés, il était sous le choc, c'était le moment.

– Fous-le à la flotte, j'ai fait en montrant le mort avec le bout du tuyau. Magne.

Il s'est démerdé comme il a pu avec sa main valide et ses deux pieds, il a roulé le cadavre jusqu'au bord du quai.

Lorsque le corps du Maure est tombé dans les eaux polluées du port, juste entre la barge et le quai, ça a fait un bruit péteux. Je me suis demandé une microseconde si c'était digne de lui, cette mort sordide, à ce survivant d'un autre âge, l'âge où les nomades régnaient sur le désert, avant qu'on ne vienne les exterminer à coups d'hélicoptères, j'ai même émis une ébauche de prière, à un gars du Sahara terminant dans les eaux de l'Atlantique, un guerrier des sables perdu dans un monde où il n'avait plus sa place.

Mais il fallait enchaîner, on n'en avait pas tout à fait fini.

La cabine téléphonique, je me souvenais de l'avoir croisée à l'entrée du port, dans un coin désert.

Je voulais que les flics ivoiriens trouvent le Steribox avec les empreintes du surfer dessus. Quelle que soit la thèse qu'ils accréditeraient, accident, ou meurtre, c'est le surfer qui aurait fait le shoot.

Ensuite, je ne voulais pas qu'il regagne au plus vite les quais, pour se débarrasser de tous ces indices que j'avais sciemment laissés sur place.

Enfin je ne voulais laisser aucune trace vocale, même déguisée, sur un enregistreur de la police.

Je n'avais donc pas des masses de choix, même si ça voilait la mécanique que j'étais en train d'assembler en improvisant au fur et à mesure.

Je suis entré dans la cabine avec lui, et j'ai appuyé sur le numéro d'urgence de la police.

Je lui ai tendu le combiné.

– Tu dis juste qu'il y a un cadavre dans le port,

près de la barge, c'est tout. Et tu raccroches aussi sec. Pigé ?

Il a fait oui de la tête en prenant le combiné.

Quand on est ressortis de la cabine, Karen se tenait à environ vingt mètres, pour mater ce qu'on apercevait encore des quais.

J'ai regardé le surfer.

C'est dingue, je me disais, j'arrivais presque à m'y faire, non pas que je le trouvais sympathique, mais sa présence finissait par me paraître supportable.

Mais je n'étais pas dans un roman à la con où les deux types qui viennent de se faire un truc pareil se tombent dans les bras en combattants virils et respectueux l'un de l'autre.

Fallait que le type joue son rôle. Il n'était pas mort parce qu'il avait un autre destin : servir à détourner la meute.

– Je vais pas te faire un dessin. Dans dix minutes les flics vont débouler. Dans vingt ils auront retrouvé le corps de ton pote, avec le Steribox et tes empreintes. Nous, mon vieux, sache-le, on n'est même pas là, on n'existe pas. Parle de nous, et tu finiras en petits morceaux dans la gueule d'un crocodile quelconque. Fais allusion à ce que tu as vu ce soir et tu disparaîtras de la surface de cette planète comme si t'étais même pas né. Tu me suis ?

Ses yeux bleus me fixaient avec la détresse du

junkie, une détresse rageuse et meurtrière, où je pouvais déchiffrer aussi une vraie pétoche. J'ai senti qu'il avait gobé toutes mes salades.

Il a fait oui de la tête, lentement.

– Prends tes cliques et tes claques et quitte la ville, j'ai ajouté. Quitte le pays. Quitte l'Afrique. Va t'enterrer en Alaska. Et prie pour que jamais personne n'apprenne ce qui s'est passé ce soir.

On a attendu qu'il disparaisse dans la nuit pour prendre une direction opposée. Les sirènes des voitures de flics se faisaient déjà entendre de l'autre côté du port.

L'aube pointait. Le soleil se dévoilait rouge-orange sur l'horizon urbain lorsqu'on est arrivés à l'hôtel, Karen et moi.

On est passés discrètement par l'arrière-cour.

Arrivés dans la chambre, Karen s'est ruée sur le frigo où elle a avalé un demi-litre de jus de fruits, puis elle s'est décapsulé une dose d'epsilon, fallait qu'elle dorme, elle a juste dit.

Moi je suis allé dans la salle de bains, et j'ai entrepris de laver mes plaies sur la main, et les hématomes que j'avais un peu partout.

J'ai regardé ma tronche dans la glace. Un boxeur sortant du ring. Discret et distingué pour des opérations bancaires internationales, je me suis dit.

J'ai poussé un soupir et j'ai ouvert le flacon d'alcool à 90°.

Je terminais comme je le pouvais la plus longue nuit de ma vie.

But don't step on my blue suede shoes

Revenus au Louxor, on s'est pris chacun deux douches consécutives. Sur le chemin du retour, on s'était nettoyés à la va-vite au robinet souffreteux d'une pompe à eau humanitaire à moitié déglinguée, cela avait suffi à ne pas nous faire remarquer de la vieille Arabe qui sommeillait au desk.

Alors que je prenais ma seconde douche, un surplus de dix dollars pour les dix minutes d'aspersion journalière supplémentaires, j'ai entendu Karen allumer la télé satellite. Je ne percevais qu'un bruit de fond malaisé à déterminer, il y avait des interférences électroniques et comme les échos bétonnés d'une musique qui évoquait quelque gospel transmis depuis Los Alamos.

Quand je suis sorti du carré de toilette, encore humide des jets vaporisés au compte-gouttes sur mon corps, j'ai vu Karen allongée sur le lit dans sa robe de chambre pourpre, ses yeux en état de survoltage UV continu, elle était foutrement belle, et en face d'elle je pouvais contempler les images de la station Mir, hachurées de parasites, avec les visages tendus et épuisés des cosmonautes qui parlaient en anglais à la Terre, qui ne les entendait plus que par bribes.

– La station est foutue, a dit Karen, à moins qu'Albert parvienne à la sauver.

– Avec son saxophone ? Il est muni d'un moteur antigravité ?

Elle m'a lancé un regard foudroyant.

– Tu ne sais pas ce que tu dis, tu ne sais pas de quoi tu parles.

– Et toi ? De quoi tu parles ?

– Je te parle de la musique des sphères, je te parle de la Rédemption, je te parle du meurtre d'Albert Ayler, en 1970.

– Meurtre, vraiment ? Tu es sûre de toi ? On a toujours évoqué la piste de la drogue et de la chute accidentelle dans le port de New York, si mes souvenirs sont exacts, je reconnais ne pas être un spécialiste, mais de toute façon je ne vois pas le rapport.

– Quel rapport ?

– Le rapport, putain. Le rapport entre nous, la station Mir et ton saxophoniste...

Elle avait souri.

– Pourquoi crois-tu qu'il m'a donné de quoi nous débarrasser d'un flic pourri et de deux sales petites arsouilles ?

– Son infini respect pour la Loi et l'Ordre, j'imagine.

Je me souvenais vaguement de son soutien aux Black Panthers, lors des événements de la fin des années 60.

– Arrête de jouer les imbéciles, je vais finir par y croire. Il me l'a donné en échange.

– En échange ? Mais en échange de quoi ?

– En échange de sa sortie des limbes, les eaux de l'East River, ou cette station en déroute qui indique pour lui une sorte de balance, la Balance de la Justice, si tu veux.

– Je ne comprends rien à ce que tu racontes, c'est quoi cette affaire d'échange ? Un échange symbolique ? Tu nous la joues psychanalyse ?

– Non, je te la joue Révélation. Il ne manque plus qu'un élément pour que tout le puzzle soit réuni et pour qu'Albert Ayler rejoigne la forme infinie. Mais en attendant, nous avons réuni la quasi-totalité du truc.

– Le truc ? Dieu a des trucs maintenant ? Il est prestidigitateur chez Barnum ?

Son sourire ne cessait de s'élargir, ses yeux restaient implacablement branchés sur la longueur d'onde de son ADN.

– Albert s'est fait assassiner pour une sombre histoire de dope par deux connards de dealers envers qui il avait une lourde dette, ce soir de 1970. Ils l'ont avoiné, puis ils l'ont shooté, surdose, avant de le jeter dans le port.

J'étais resté muet durant une bonne minute. Toute la nuit avait redéfilé devant mes yeux.

Deux hommes l'avaient overdosé avant de le balancer dans l'East River. Nous aussi, nous avions tué un homme de cette façon, de l'autre côté de l'océan, au beau milieu d'un port marchand. Il y avait bien ici la marque de deux actions réversibles l'une par rapport à l'autre, une asymétrie fonctionnelle, quelque chose d'infiniment mystérieux.

– Mais... Et le flic ? Quel rôle Messaoud jouait-il là-dedans ?

– Un flic pourri du NYPD a découvert, puis couvert le meurtre, il a coincé les deux dealers mais les a fait chanter salement durant des années. Il a pris une retraite anticipée avant que l'Inspection des Affaires Internes ne puisse le coincer. Ils sont tous morts très sagement de vieillesse, sauf un des dealers, qui vit encore, en Caroline du Nord, je crois. Tu vois que tout concorde, que tout est en place, tout est synchrone.

J'ai réfléchi une poignée de secondes.

– Comment tu sais tout ça ?

– Je reçois des communications depuis la station, je te l'ai déjà dit. Ayler sait comment il est mort, mais il est le seul dans ce cas. S'il voulait s'échapper des limbes, il fallait d'abord des sacrifices, puis le dévoilement du Mystère. Les sacrifices, on s'en est occupés, le dévoilement du Mystère, c'est à ça, précisément, que doit servir la station Mir, il doit parvenir à émettre depuis là-haut, rejouer ses plus grandes pièces sur toutes les fréquences radio du monde.

– Pourquoi est-ce qu'il ne l'a pas déjà fait, il en a sûrement le pouvoir, non ?

– Oui, mais en ce cas l'équipage de Mir périra, la station se désintégrera dans la haute atmosphère.

Ah, bien. Évidemment, si Dieu voulait en plus compliquer l'impossible...

– Et qu'est-ce qu'Albert a donc prévu comme solution de rechange, *sweetheart* ?

Elle m'a très gentiment regardé, son sourire était tendre, doux, d'un rose pâle presque corallien, ses yeux restaient branchés sur l'infini en elle.

– La solution de rechange c'est nous, mon chéri.

– Nous !

– Oui, enfin, moi surtout, mais toi aussi, tu verras, tu auras ton rôle.

– Je vais te prier d'être explicite pour une fois, en quoi sommes-nous une solution de rechange pour la station ?

– S'il veut sauver les cosmonautes et tout de même s'extraire des limbes, il aura besoin d'un substitut à la station. Je ne t'ai pas dit que la Révélation de la mort d'Albert Ayler ne pouvait survenir que lors de l'explosion dans la haute atmosphère, c'est le moment de la plus haute énergie, c'est pour cette raison que la station déboîte vers la Terre, il faut la consumer si on veut qu'elle communique.

J'ai failli m'énerver pour de bon.

– *Nous*. Ça fait la troisième fois que je te pose la question. *Nous*, qu'est-ce qu'on vient foutre là-dedans ?

Son sourire s'est accentué, si cela avait été possible son regard serait devenu plus intense.

– Mais voyons, mon chéri, nous sommes des antennes, nous aussi.

Je regardais les images télé de la Station. Le visage en gros plan d'un des cosmonautes qui tentait de communiquer avec la Terre, au milieu d'un nuage de parasites électromagnétiques. Les deux autres occupés derrière lui à faire fonctionner tant bien que mal les systèmes principaux de l'engin orbital.

Ça n'avait pas l'air de marcher très fort.

Et cette musique en fond sonore, étonnamment claire, et pourtant si sombre, source céleste tout autant qu'éruption tellurique, cette concaténation de thèmes inspirés aussi bien du folklore occidental que des negro spirituals, le tout passé dans une sorte de machine à fabriquer des cut-up sonores. D'où venait-elle ? Elle se surimposait de façon continuelle à la voix du cosmonaute comme aux interférences qui l'interrompaient.

La plus haute énergie. On approchait du point fatal, du point de non-retour, du point d'ignition totale. C'était bien l'heure du saxophone d'Albert Ayler.

– Il va de soi qu'il subsiste un risque, s'était hasardée Karen.

– Un risque ? Je ne sais pourquoi, mais je déteste ce mot prononcé par ta bouche.

– C'est pourtant la seule bouche faite pour le prononcer, mon chéri. Et donc, il subsiste.

– Je t'écoute.

– Nous sommes des antennes, mais nous avons nos limites *physiques*. La question est de savoir si nos limites valent celles de la station Mir ou non.

– Le risque, Karen.

– Le risque ? Oh, le risque c'est que nous mourions littéralement électrocutés sur place. D'après les données en ma possession, cela ressemblerait plutôt à une forme très intense de combustion spontanée.

– Nous risquons donc de mourir comme les trois cosmonautes de la station, c'est ça le « truc » ?

Elle avait froncé les sourcils, ses yeux étaient

toujours syntonisés sur leur canal biophotons. Elle me semblait de plus en plus belle.

– Oui, c'est très exactement l'enjeu, la réversibilité. Si nous parvenons à surpasser nos limites, nous les sauvons, sinon nous mourrons tous carbonisés, et Albert Ayler errera encore longtemps comme un fantôme sur les eaux de l'East River.

Jusqu'à la prochaine station spatiale en déroute.

Ayler nous avait aidés, même s'il y avait aussi un calcul évident de sa part. Mais il nous avait permis d'échapper à Messaoud, ainsi qu'aux arnaqueurs du port d'Abidjan, peut-être avait-il pu créer et réunir les éléments de la situation de base, afin de nous donner les moyens de nous en sortir, mais peu importait, il avait livré les armes neurovirales que seuls nos cerveaux étaient en mesure de porter, et que seul, sans doute, le cerveau de Karen était capable d'utiliser.

Nous ne pouvions guère nous défiler, j'en avais redoutablement conscience. Karen n'eut pas besoin de me fournir des explications détaillées : un ange, même un semi-ange, un spectre perdu comme Ayler, pouvait fort bien inverser le cours de la tendance, selon sa volonté. Si nous refusions d'agir, peut-être bien que la police d'Abidjan déboulerait dans la chambre d'hôtel dans moins de vingt minutes.

– Que va-t-il se passer ? ai-je demandé, innocemment.

Sur l'écran de télévision les interférences avaient pris possession de la presque totalité de l'image, la station Mir commençait à rencontrer les premières molécules de gaz de la ceinture Van Halen, ça n'allait pas tarder à chauffer pour de bon. Le saxophone de feu et d'acier accompagnait sa chute comme la seule bande-son à la hauteur du désastre.

Karen m'a ouvert son tendre sourire, elle m'a pris la main, ses yeux atteignaient un degré d'intensité lumineuse encore jamais atteint.

– Nous sommes des antennes. Nous recevons. Nous émettons. Nous transmettons.

– Ça je le sais. Dans ce cas précis, qu'est-ce qu'on transmet, et à qui ?

Son sourire aurait pu faire exploser le monde, d'ailleurs n'était-il pas en train de le faire ?

– Notre propre ADN, tout ce qu'il recèle, en biophotons amplifiés, tout le *junk*, tous les rétrotransposons, tout.

– Autant dire nous-mêmes, soyons clairs. Où ça ? Droit dans la Station, j'imagine ?

Son sourire, tel un éclair qui pourrait traverser toutes les consciences humaines d'un seul trait de foudre.

– C'est beaucoup plus que simplement « nous-mêmes » dont il s'agit. Et si l'objectif est la station c'est parce qu'elle se situe au nexus des dimensions cachées de l'univers, celles qui émergent dans la matière noire ou dans la *dark energy*, celles que notre lumière biologique, vivante, métacorticale, est seule capable de percevoir, et de contrôler.

– Contrôler, tu en es sûre ?

– J'ai peur que tu n'aies pas compris la téléologie évolutionniste à l'œuvre dans le syndrome de Schiron-Aldiss.

– Ne me prends pas pour un enfant, j'ai parfaitement saisi que ce qui représente un neurovirus pour certains est une mutation réussie pour d'autres.

– Oui, d'accord, mais une mutation pour quoi faire, ne me dis pas que tu crois à ces conneries de hasard et de nécessité ?

– Je ne crois qu'en ce que je ne vois pas, tu devrais le savoir, explique-toi.

– Nous sommes des navigateurs, *honey*. Nos cerveaux sont configurés pour voyager dans l'infini, ou plutôt dans tous les infinis, qui sont probablement de nombre infini.

– Des navigateurs ?

– Pourquoi crois-tu que nous passons notre temps à fuir, sur la route de l'exil permanent ? Ça aussi c'était un signe qui n'a pas échappé à Albert, c'est pour ça qu'il nous a choisis.

– Choisis ! Il faudra que je pense à le remercier, c'est un honneur que de mourir pour l'amour de l'art.

– Arrête, tu pourrais susciter en moi un sentiment de pitié. N'as-tu pas compris que nous serons pour un temps, à la fois infime et éternel, suspendus entre la vie et la mort, ou plutôt au-delà ?

La télévision émettait un crachotement continu, on ne voyait presque plus les cosmonautes derrière le mur d'interférences.

Le saxophone d'Albert Ayler s'élevait juste un ton au-dessus du bruit de la catastrophe en cours. Oui, décidément, il était bien le saxophoniste de la situation, il était bien le jazzman de la station Mir en déroute.

Karen m'avait regardé et offert son sourire atomique.

– C'est à nous, maintenant. À nous de jouer.

– Je sais, j'avais répondu. Je n'ai pas l'impression d'avoir une super-main je peux avoir d'autres cartes ?

– Tu as toutes les cartes qu'il te faut. Sois juste prêt.

– Prêt à quoi ?

– Prêt au feu, elle a dit.

Elle était la preuve incarnée que le neurovirus était plus qu'une maladie. En elle, les mots ne se contentaient pas de nommer. En nommant ils donnaient la vie, ils faisaient surgir êtres et phénomènes dans le champ de l'existence.

Nous nous sommes retrouvés dans la station qui commençait à se consumer.

Pourtant nous étions toujours dans notre chambre du Louxor.

La station pénétrait les premières couches de l'ionosphère, et pourtant elle flottait au-dessus de l'East River et dans le même temps elle survolait les eaux noires du port d'Abidjan. Elle était en feu, au-dessus des eaux, elle était comme un plan technique de la Genèse.

Dans la station, les trois cosmonautes n'étaient pas seuls. Albert Ayler, revêtu d'un scaphandre orange, se tenait collé à l'une des parois et continuait de souffler sans fin dans son saxophone. Les cosmonautes s'étaient désormais habitués à sa présence, visible d'eux seuls et de nous, ils avaient compris qu'il était leur ange gardien, et je pense qu'ils devinaient qui nous étions. En tout cas, le rôle que nous étions destinés à jouer pour les sauver, pour nous sauver, tous.

Ce fut d'abord le multiplexage de ma conscience.

Première couche : avec Karen je forme comme une sorte de double chaînage, une double hélice à l'image de celle qui est contenue en nous. Karen et moi formons une sorte de station à nous tout seuls, un vaisseau corporel et spirituel capable de traverser toutes les dimensions, nous sommes une machine, je suis le moteur, le générateur d'énergie, elle est le centre de navigation, le système de pilotage.

Seconde couche : j'étais dans la chambre d'hôtel/station spatiale avec ses occupants, j'étais une ombre bleue/ultraviolette, une flèche d'os et de chair survoltée dans un globe de feu cobalt. Tout autour de nous l'univers était d'un orange stellaire, couleur cœur de soleil, dans le même temps je pouvais nous voir à partir d'un point de vue extracorporel, j'étais en moi, mais il semblait que cela signifiait surtout que j'étais au cœur de chaque chose, et surtout au centre-trou noir de l'univers entier.

La station allait se désintégrer d'une minute à l'autre, cela ne faisait plus aucun doute. Nous ne parviendrions à rien. Que pouvions-nous faire, objectivement ? Je devais absolument intimer l'ordre à Karen d'avorter la mission de sauvetage. Nous n'étions pas des pompiers de la Nasa, tout de même...

Au même moment, j'ai vu l'intensité lumineuse du corps-esprit de Karen augmenter d'un cran, puis d'un autre, et d'un autre encore, dans une succession de phases aussi clairement séparées les unes des autres que des blocs de nombres digitaux.

J'ai compris ce qu'elle allait faire. J'ai compris qu'elle avait l'intention d'aller jusqu'au bout.

Quel qu'en soit le prix.

Or, en matière de prix, je suis un gars très exigeant.

– Karen, ne fais pas ça.

– Ne t'inquiète pas, je sais ce que je fais.

– C'est très précisément ce qui m'inquiète. Ne fais pas ça. On n'a pas à sacrifier nos vies pour un type déjà mort, même génial, et trois autres qui vont l'être dans une heure, même cosmonautes d'élite.

– Personne ne va mourir sur ce plan de réalité, sauf Albert, avait-elle répondu.

– Ça veut dire que sur l'autre plan, on va mourir, fais-moi rire.

– On ne va pas mourir, *sweet love*, nous sommes déjà morts.

La chambre d'hôtel s'intègre dans la station qui flotte au-dessus de l'East River en même temps qu'au-dessus du port d'Abidjan. Voici où nous sommes, voici ce que nous sommes, voici qui nous sommes. Les cosmonautes perdus, le fantôme perdu d'un jazzman, deux mutants perdus pour l'ordre humain.

Connexion afro-américaine entre toutes les étoiles de la Galaxie. La station est une boule de feu qui tournoie autour de la planète mère qui tournoie aussi, dynamo orange feu au-dessus de l'aimant bleu azur. Et la musique du jazzman qui traverse tous les matériaux, se suspend aux ondes électromagnétiques du champ d'attraction terrestre, s'intègre en chacun de nous comme la bande-son de son corps extatique, épouse l'onde de choc qui fait se désintégrer la station. Tout se tient, tout est unifié, tout est synchrone. Karen avait raison.

Autour de nous, les trois cosmonautes sont figés dans une stase spatio-temporelle. Seul Albert Ayler semble pouvoir épouser les configurations de cette dimension, comme nous.

Il continue de jouer, imperturbablement, son instrument luit d'un flamboiement argent qui s'échappe en volutes métallisées dans ce qui reste d'atmosphère artificielle autour de nous.

Le saxophone émet sur une longueur d'onde très proche de notre ADN, je comprends soudain qu'il est une image instrumentale du Serpent Cosmique, il est en fait le corps harmonique de l'ADN d'Albert Ayler.

C'est la porte. La porte pour Karen. Elle paramètre nos codes génétiques pour en faire le métacentre de l'infini, nos cortex épousent la dynamique, elle est la tête chercheuse, nous ne sommes que les réacteurs du missile, elle navigue à travers tous les infinis et se branche à la dimension parallèle qui lui convient, elle y est à l'aise comme un animal dans son environnement naturel.

Le jeu singulier d'Ayler tient son utilisation systématique d'instruments aux anches très dures. Musique céleste et spirituelle en même temps que vaudoue, vulcanienne, luciférienne, elle porte toute l'époque que nous vivons et celle de nos parents, quand il y en avait encore, avant les usines à clonage. Ayler sait combiner un usage dadaïste d'influences allant bien au-delà du jazz, jusqu'à ses racines, mais aussi ailleurs, partout, partout où un son prend le pouvoir de la Parole. Mélopées aux accents rhapsodiques soudain interrompues par un *marchin' band* de La Nouvelle-Orléans, ou un riff de country hillbilly trempé dans le bourbon sudiste du Delta Blues, gospels nocturnes s'enroulant autour de séquences harmoniques dodécaphoniques, avant d'être catapultés dans une stratosphère liturgique où bat en contrepoint la pulsation du R'N'B, chorales vaudoues, rythmes nègres, bruitisme des mégapoles, cool-jazz déviant, hard-bop néoclassique, tout passe dans la machine ultra-jazz, tout passe dans le saxophone de feu, tout est mis au service du Grand Son Terminateur, *by all means necessary*, Ayler fut l'artiste maudit entre tous les jazzmen, pire encore, bien pire qu'Ornette Coleman. S'il n'avait pas succombé aux deux dealers, cette nuit de novembre 1970, il aurait peut-être succombé aux sarcasmes, voire à l'indifférence hautaine qui l'entourait.

Il n'y a pas à dire, il était bien l'homme de la situation.

La stratégie navigatrice de Karen tenait en quelques mots : profiter elle aussi du moment de plus haute énergie. Arrivés à nos limites, celle de la désintégration ou de la réintégration, il ne nous reste plus d'autre alternative. Karen translate toute l'énergie potentielle de Mir en elle, nous nous retrouvons bien dans la station orbitale au moment même de son explosion – mais dans un segment dimensionnel séparé de l'espace-temps ordinaire. Expérience pyrotechnique. Désintégration, OFF, réincorporation dans un monde purement vibratoire, ON, nous sommes un quantum d'énergie à nous tout seuls, je pressens que nous venons de faire quelque chose. Quelque chose qui va sans doute nous permettre de gagner notre pari insensé.

Ce quelque chose, que nous venons de faire, c'est traverser la membrane même de l'infini. Nous sommes devenus des singularités quantiques, nous portons toute la potentialité d'un univers en nous, nous qui sommes deux tout en ne faisant qu'un, et trois, avec Albert Ayler et la station qui est devenue la prothèse de son saxophone, qui lui n'est rien d'autre qu'un de ses organes, ou plus précisément la réplication harmonique de son corps en son entier.

Dans la dimension chambre d'hôtel je peux observer les images de la station sur la télé. Je nous y vois, d'ailleurs, en compagnie des cosmonautes et du jazzman. Je sais à cette seconde que ce sont les images que sont en train de regarder quelques milliards de télé-spectateurs.

Dans la dimension station Mir, l'augmentation de la « métacrise » de Karen a dépassé tout ce que nous étions en mesure d'imaginer. Elle est devenue un état psychique altéré du cosmos, elle est la station Mir en déroute incandescente au-dessus des eaux afro-américaines de l'East River, s'écoulant au milieu du port d'Abidjan.

De tout cela elle produit un événement qui pompe littéralement mon cerveau de presque toute son énergie amplifiée.

Monsieur Générateur, Madame Cockpit, le couple de l'année, comme pour certaines espèces naturelles terrestres, devinez un peu qui se nourrit de l'autre ?

Nous marchons aux bords de l'East River en cette nuit de novembre 1970. La station à demi calcinée flotte au-dessus des eaux à nos côtés. Nous, Karen et moi, plus Ayler, et les trois cosmonautes.

Ils sont tous les quatre revêtus de leurs scaphandres, nous marchons dans la lumière ultraviolette qui émane de nos corps.

– C'est ici que le nexus va se ramifier, à jamais, dit Karen. Le point d'origine, qui fut aussi le point terminal. Comme pour la station en chute libre vers la Terre.

Aucun de nous ne sut quoi répondre, Ayler se contenta de s'arrêter de souffler dans son instrument, il détacha lentement l'anche du saxophone de ses lèvres gonflées, presque bleuies, et observa la station qui brûlait au-dessus de l'endroit de sa mort, des décennies auparavant.

– Je suis l'arbre de la Chekhina, dit Karen, regardez au-dessus de moi et vous apercevrez Kether, la Couronne Suprême, le premier visage de l'Invisible dans le Monde Créé.

Nous avons tous regardé d'un même mouvement vers le globe de lumière d'or qui venait d'apparaître au-dessus de son crâne. La lumière bleue-ultraviolette qui émanait de son corps et parvenait à nos sens n'était rien face à l'intensité du bulbe stellaire qui illuminait la scène comme un soleil levant.

– Je vais distribuer les sacrifices, je vais restaurer l'harmonie, et pourtant je vais devoir provoquer le chaos.

Nous attendions en fait patiemment, je crois, que ses mots prennent vie, qu'ils fassent jaillir les phénomènes et les êtres, qu'ils produisent les structures des situations et des événements, il me semble que nous avions tous parfaitement compris ce qui était en train de se produire à l'instant même. Elle nous l'indiqua de la main, tendue au bord du quai en direction de la station Mir qui se désagrégeait peu à peu.

– Au moment où je vous parle, moi et mon compagnon nous sommes dans cette station, là, au-dessus de l'East River. Plus tard nous vivrons jusqu'au bout notre propre calcination. Ce plan de réalité est directement connecté par l'antenne que nous formons avec la station qui orbite autour de la Terre. Quand la station aura fini de se consumer ici, la réversibilité aura lieu. Le nexus infini se ramifiera en moi, je maintiendrai ensemble les divers morceaux de l'espace-temps que je suis en train d'essaimer à travers tous les infinis. La Station dans laquelle nous brûlons contient les trois degrés de l'infinité, trois degrés simultanés, synthétiquement disjoints, partageant la même connexion avec toutes les dimensions de l'univers. Et chaque degré nous est attribué en fonction de la distribution des sacrifices. Celui d'Albert en 1970, le nôtre ici même, puisque notre mort physique est avérée dans cette dimension singulière, cachée du Cosmos, et aussi le vôtre, messieurs.

Cette fois, les humains s'agitèrent. Quand il est question de leur survie les humains s'agitent toujours, même lorsqu'il est trop tard.

– Qu'est-ce que vous voulez dire par là ? Nous ne sommes pas censés survivre à cette mission ? avait soufflé un des hommes en scaphandre orange.

Quiconque n'a jamais entendu le rire de Karen ne sait pas ce que c'est qu'être tétanisé par une joie cristalline, d'une pureté extrême, et un alliage de titane et de minerai météoritique qui provoque chez vous un état proche de l'hébétude fascinée.

– Bien sûr que vous allez survivre, avait-elle dit dans un large sourire, sinon pourquoi assumerais-je mon propre sacrifice ?

– Vous vous sacrifiez dans une dimension parallèle, mais vous vous apprêtez à nous renvoyer sans l'ombre d'un remords dans le véritable univers, là où nous sommes sûrs de mourir.

– Tous les univers sont vrais, mais certains ne sont pas ceux qui sont choisis, c'est tout.

– Qu'allez-vous faire de nous ? avait demandé, plus angoissé, un second cosmonaute.

Albert Ayler suivait le déroulement de la conversation avec un intérêt mitigé, ses yeux ne quittaient pas la station en feu, ses yeux ne quittaient pas l'endroit de sa mort, son cerveau ne quittait pas l'instant de sa mort.

– Vous serez sacrifiés, comme chacun de nous, qu'est-ce que vous croyez ? Simplement, votre sacrifice sera de survivre au désastre, la station ne sera pas détruite, vous reviendrez sur Terre, vous serez des héros.

– Tu parles d'un sacrifice, j'ai fait. Une rédemption pour grande surface, t'en as pas une disponible pour moi ?

Karen ne prit pas garde à ma réflexion, elle fixait de ses yeux globes de feu les trois cosmonautes plantés au bord du quai.

– Estimez-vous heureux qu'Ayler ait pris pitié de vous et nous ait appelés, à sa manière, pour jouer les intercesseurs *physiques*. Vous allez survivre, vous reviendrez en héros mais vous n'y serez pour absolument rien, et vous ne pourrez jamais expliquer les images bizarres que des milliards de gens auront vues à la télévision. Vous reviendrez mais vous serez obligés de mentir, ou de vous taire. C'est ça le prix que vous devrez payer. Admettez qu'il n'est pas bien lourd, comparé à ce que nous allons subir d'ici peu.

J'ai juste pensé : « Cette fois c'est sûr, nous allons mourir carbonisés pour de bon. »

Je n'étais pas sûr d'apprécier l'expérience à sa juste mesure.

Ce fut une translation aussi nette que brutale. Un passage quantique. Un saut d'orbite. Une coupure digitale.

Nous n'étions plus dans la zone limbique que le cerveau de Karen avait créée en interpolant différents morceaux d'univers, la station brûlait, mais elle ne flottait pas au-dessus de l'East River, elle s'enfonçait dans les hautes couches de l'atmosphère à près de 28 000 kilomètres-heure, et nous étions à l'intérieur.

Multiplexage du cerveau : OFF.

Nous sommes dans la station. ON. Une seule voie,

un seul monde, une seule vie, une seule mort. Nous allons brûler, nous allons mourir.

Karen se tourna vers moi :

– Le sacrifice n'aurait aucun sens si nous ne le vivions pas pour de vrai. Je dois te dire cependant que notre véritable structure corporelle brûle virtuellement dans la capsule qui flotte au-dessus de l'East River.

Belle consolation. Nous allions tout de même crever dans les gaz brûlants et le plasma.

– N'aie pas peur, me dit-elle, comme je te l'ai expliqué tout à l'heure, nous n'avons rien à craindre, nous sommes déjà morts.

C'est ainsi que je suis mort dans la haute atmosphère pour que les cosmonautes puissent survivre et le saxophoniste assassiné trouver son chemin vers l'au-delà. La pensée m'était venue que ce qu'avait voulu dire Karen lors des derniers instants de notre « seconde vie », juste avant que tout s'enflamme à environ 5 000 degrés centigrades, c'était que nous étions morts depuis longtemps. Nous étions morts aux yeux des hommes, aux yeux du monde, aux yeux de nous-mêmes sans doute aussi.

Nous étions morts. Nous avions accompli ce pour quoi nous étions faits. Il ne nous restait plus qu'à vivre, pour de bon.

Quand nous sommes revenus dans la chambre d'hôtel, les images de la télévision étaient assurément plus nettes, la station était en train de remonter vers son orbite, il n'y avait presque plus d'interférences électriques sur l'écran et la musique du ténor continuait d'être présente. Sauf que le son du saxophone ne parvenait pas vraiment de la télévision, il s'agissait plutôt d'une sorte d'écho.

Ayler se tenait sur le lit à nos côtés, son instrument d'un or pâle sortant de sa bouche comme un animal de lumière.

À l'extérieur, la station Mir achevait de disperser ses cendres et ses débris dans les eaux du port d'Abidjan, nous pouvions contempler le spectacle par la fenêtre de la chambre. Grâce à nos dons d'antennes biologiques, toute l'œuvre du jazzman avait été diffusée sur les ondes du monde entier et la vérité sur sa mort commençait, disait-on, à inonder les salles de presse.

Il allait enfin pouvoir partir, rejoindre la forme infinie qu'on nomme Dieu. Il s'était tourné vers nous en interrompant sa mélopée, étrangement influencée par des souvenirs de musique irlando-écossaise.

– Nous sommes encore dans une ramification de ma zone métacorticale, expliqua Karen. Nous nous trouvons sur le contre-pôle de vos propres points d'origine et de terminaison. C'est ici que grâce aux pouvoirs neuroviraux, j'ai pu faire œuvre de réversibilité absolue. C'est ici que tous les sacrifices convergent. Vous êtes mort à New York, mais votre musique est née ici, en Afrique. Vous avez vécu à New York mais c'est d'ici que vous allez enfin pouvoir partir, pour de bon, au-delà de la mort.

Le saxophoniste maudit nous regarda tour à tour, il y avait une trace d'authentique mélancolie dans ses yeux. Son saxophone était vraiment la continuité la plus directe qui soit de tout son être.

– Je vais donc partir, il a dit.

– Oui, votre œuvre a été entendue opera mundi, la vérité sur votre mort sera publiée dans les heures qui viennent sur la côte est des USA. Vous allez vous extraire des limbes de l'East River. Remerciez Mir et la technologie soviétique lorsque vous serez en transit.

– Il est inutile que je vous demande comment ça va se passer, j'imagine ? C'est vous qui possédez les solutions, les clés comme les serrures.

– Il ne va rien se passer, a simplement répondu Karen, en fait c'est déjà survenu. Vous êtes déjà parti, Albert. Bon voyage.

Il n'était plus qu'un écho, comme les images sur l'écran de télévision, Karen et moi suivions une ligne oblique à celle du temps « normal », pour autant qu'il y en ait un.

Il eut juste le temps de faire un dernier geste, avec son saxophone. Non pas pour le coller à sa bouche et l'emporter avec lui, comme nous nous y étions attendus, mais pour le tendre dans notre direction jusqu'à ce que je l'empoigne, alors qu'il se dissipait déjà en éclats floconneux dans l'air chaud de la chambre d'hôtel.

J'avais regardé Karen, elle était terriblement belle. Le saxophone luisait dans mes mains, sur la télévision les images étaient parfaitement nettes, un message défilait au bas de l'écran annonçant le retour de Mir sur son orbite, et le sauvetage de tout l'équipage.

La réversibilité avait joué. Karen était parvenue à accomplir sa mission pour le jazzman mort, j'étais parvenu à la suivre bien au-delà de ce que je croyais possible.

Ce qui est seulement *possible* manque singulièrement d'intérêt, me sembla-t-il.

On a quitté l'hôtel le surlendemain, inutile de speeder comme des malades désormais. On avait tout décalé dans le temps et l'espace. Nous n'étions plus passés par les destinations que nous avions empruntées avant l'expérience, les dates ne correspondaient plus du tout à celles de notre premier voyage.

Karen avait altéré l'état psychique du Cosmos, au moins pour cette partie du système solaire.

On avait un avion le lendemain soir, pour notre série d'escales à travers le monde, jusqu'à notre destination finale.

Je ne sais pas pourquoi, j'ai voulu qu'on change d'hôtel, une sorte de réminiscence de ma parano naturelle, je ne voulais pas non plus jouer avec la chance. Il était temps de s'éloigner du port d'Abidjan, de ses bouges, de ses boîtes mal famées et de rejoindre un endroit plus civilisé dans le centre-ville.

La station de taxis se trouvait à environ cinq cents mètres.

Pourquoi ne pas marcher un peu ?

Je possède un instinct sûr pour les embrouilles. Je portais mon sac à dos et le saxophone dans les mains. Karen portait son propre sac dorsal ultramoderne et un petit Vuitton féminin.

J'ai vu l'enseigne de la boîte de nuit devant nous, j'ai aperçu les mecs qui stationnaient devant, parfois accompagnés de putes locales. J'ai tout de suite compris qu'on aurait mieux fait de choisir une autre route, mais il était trop tard, il suffit de peu de temps pour se retrouver au milieu d'une foule qui zigzague en tous sens sur le trottoir.

Alors, autant dire que ça s'est passé très vite. Trop vite.

C'était un de ces night-clubs qui acceptent volontiers les Blancs et leur pognon. Mais les Blancs qui s'y rendent ne valent franchement pas mieux que les Noirs qui les fréquentent.

Je le sentais. Je l'avais pressenti.

C'est venu d'un peu tous les côtés à la fois, mais deux mecs surtout.

Oh non, je me suis dit, pas encore.

Mais les choses vous échappent justement quand vous tentez de leur échapper.

Un des types a envoyé une vanne salace à Karen, l'autre s'est foutu de ma gueule et de mon saxophone. On a continué notre chemin mais ils ont remis ça de plus belle.

Numéro un, un rouquin portant une chemise hawaïenne à dominante jaunasse, délavée par l'eau de mer, se plante devant Karen et lui sort une saloperie quelconque, mais qui se voudrait drôle-et-originale, Karen essaie de le contourner, avec un silence hautain, mais le mec insiste. C'est tout à fait le genre à insister.

C'est tout à fait le genre à insister *juste un peu trop.*

Bien. D'accord.

Numéro deux, un gros tas de graisse, vaguement recouvert d'une chemisette blanche détrempée par la sueur et d'un jean extra-large, s'approche de moi.

– C'est ta copine ? il me demande.

– Pourquoi ? je réponds. T'es de la police, grosse truie ?

Il faut toujours accompagner ses mots d'actes

concrets et, mieux encore, les actes doivent se permettre d'anticiper sur la menace verbale. Je suis un peu comme le frère jumeau inversé de Karen, avec moi ce n'est pas le Verbe qui fait acte, mais l'acte qui produit le sens. Avec le son mat des poings qui font éclater les os.

Il vaut mieux ne laisser aucune chance à l'adversaire, c'est quand même mieux.

Alors j'ai enchaîné, un pied gauche en avant, au même moment, avancée conjointe du bassin et projection du poing gauche en plein menton. Mais ce n'est encore qu'un KO technique assuré. Je veux plus. C'est pourquoi mon bras droit a jailli, et mon poing retourné, wu-shu, a frappé sa tempe de toutes ses phalanges.

En gros, commotion cérébrale assurée.

Puis j'ai attaqué direct le blaireau en chemise hawaïenne, ils me rappelaient les deux cons du port, j'avais décidément un karma spécial avec les duos d'abrutis. Je lui ai tout bonnement défoncé la tronche, en le terminant à coups de pied alors qu'il était à terre. Je frappe toujours un homme à terre. C'est beaucoup plus sûr.

Personne n'a moufté. Chacun ses oignons. Une affaire entre Blancs. La police ne serait même pas alertée, histoire de protéger la réputation de l'établissement, les deux cons allaient probablement se réveiller à poil dans une décharge municipale.

J'ai regardé le mec à qui je venais de défoncer la gueule, il couinait vaguement en rampant sur l'asphalte.

– T'apprendras deux choses ce soir, duconlajoie. Primo, te moque jamais des saxophonistes morts dont tu ne sais rien et essaie d'écouter de la vraie musique une fois que tu te seras réveillé. Deuxio, rappelle-toi juste du refrain de la chanson : *You can do anything, but don't step on my blue suede shoes*, trisomique de club-vacances.

Ça faisait deux fois en vingt-quatre heures que je susurrais la chanson de Carl Perkins à un type à qui je venais de méchamment dévisser le crâne, cela n'avait aucun rapport avec Albert Ayler, mais tout à voir avec mon adolescence banlieusarde. Il y a des types qui n'ont vraiment pas de pot, même au cœur de l'Afrique, ils vont faire les malins avec un gars élevé dans ce qu'on avait appelé un jour le « Val-de-Marne ».

J'avais voyagé par-delà les limites physiques de l'univers, mais je venais du point-zéro de la cité. Deux concepts que je lui avais inculqués façon matière principale.

Alors j'ai rajouté : c'est le mystère de la réversibilité expliqué à ton niveau, amibe mononeuronale, *ne marche pas sur mes pompes*, ça veut surtout dire *sinon ce sont elles qui vont te marcher sur la gueule*. Et j'ai effectué sur-le-champ une démonstration pratique, il ne pourrait pas se plaindre d'un manque de rigueur pédagogique de ma part.

Je l'ai achevé à coups de talon en travers du plexus et de la glotte. Il mettrait du temps à récupérer, le microcéphale festif, et il aurait tout le loisir de méditer mes conseils.

Les Noirs se marraient tout autour de nous, excités par la vue du sang, et je dois reconnaître que ça avait salement pissé.

Karen m'a regardé, l'air de dire « tu ne changeras jamais ».

J'ai envoyé un ultime coup de pompe dans la gueule du mec au passage, façon ballon de football à envoyer au fond des filets.

– J'ai beaucoup changé, au contraire. Aucun de ces deux abrutis n'est mort.

Nous avons laissé le port d'Abidjan derrière nous, sommes montés dans le premier taxi rencontré et avons passé notre dernière nuit africaine dans un grand hôtel luxueux du centre-ville.

Je me souviens qu'assis sur le lit *queen size* du Sheraton, devant une télé dont j'avais coupé le volume, j'avais placé l'anche du saxophone entre mes lèvres pour y expulser un long souffle sans qu'aucun son ne puisse en sortir.

J'ai eu l'intuition que si l'un de mes contemporains savait tirer un son à peu près harmonieux de cette machine, il serait probablement le virtuose incontesté de l'instrument.

Y aurait-il un jour un nouvel Albert Ayler ? me suis-je demandé avant de m'endormir comme une masse.

La réponse est apparue presque aussitôt, au seuil du sommeil.

Non. Il fut une singularité, il nous l'a démontré dans la station. Le saxophone est plus qu'un souvenir, un vestige ou une trace. Il est l'analogie instrumentale de ce qu'il fut, et en fait c'est en nous qu'il joue pour de bon.

Ce qui vit c'est ce qui a été diffusé sur les ondes du monde entier, ce qui vit c'est la musique des sphères qui parfois envahit un cerveau solitaire.

Deux cent cinquante mille dollars, dans un pays comme la Côte-d'Ivoire, ça ressemble à quelque chose comme le budget d'une ville. Le personnel de la banque s'est montré remarquablement attentionné, surtout lorsque j'ai raconté mon histoire d'accident de moto qui m'avait immobilisé des jours durant, alors que j'attendais les fonds pour mon opération d'investissement dans la région.

J'avais la liste des banques et des pays où je voulais voir mon fric placé, sur des comptes courants rémunérés, le pognon devait être disponible à tout instant, j'ai asséné à plusieurs reprises, j'avais pour projet de parcourir la région avant d'opter pour mon implantation définitive. Je devais pouvoir me poser où je voulais et disposer de mon fric à la seconde, je disais, c'est comme ça que je conçois les affaires, je précisais.

Une partie du fric resterait à l'agence d'Abidjan, fallait leur laisser un os à ronger, et j'ai fait entrevoir qu'elle servirait de tête de pont pour mes investissements futurs. J'avais carrément l'impression d'être un missionnaire du FMI.

Bien sûr, monsieur, évidemment, tout à fait monsieur, il en sera fait selon vos désirs, monsieur.

Je me suis offert une batterie de cartes de crédit, utilisables jusqu'au coin le plus perdu de Papouasie-Nouvelle-Guinée. J'ai dispatché les trois quarts du pognon sur notre route jusqu'au Cap, je rapatrierai le restant le jour venu.

Lorsque je suis sorti de la banque, j'ai acheté des journaux du matin, le cadavre retrouvé dans le port n'était même plus mentionné. Dans la presse française disponible, on ne parlait que de la station Mir en déroute, des grands orages qui avaient frappé le sud-est l'avant-veille, et des naissances répétées d'animaux mutants près de la centrale nucléaire de Saint-Laurent-des-Eaux.

Les signes apocalyptiques semblaient se cristalliser au sein d'un magma humain qui continuait de feindre d'ignorer que telle était sa destinée.

C'est Cohen-Solal qui m'avait expliqué un jour la

confusion qui régnait dans les esprits au sujet de simples mots.

Apocalypse ne signifie évidemment pas « fin-du-monde-catastrophe généralisée, etc. », le mot signifie *au contraire* la révélation de la présence divine dans le monde. Cette phase est *au contraire* l'issue de la phase précédente, celle que nous vivons, l'ère que les hindous nomment Kali Yuga, l'âge de la destruction, c'est-à-dire du changement, l'âge des mutations irréversibles. En chinois « crise » et « changement » ne sont qu'un seul et même concept, les Grecs aussi avaient pressenti que les évolutions se traduisaient par des ruptures douloureuses. Tout homme conscient sait pertinemment que la violence et le mal sont des éléments nécessaires à toute création, qu'elle soit biologique, historique ou artistique. Mais tout homme conscient sait aussi que ces mêmes éléments vitaux se transforment régulièrement en éléments mortels, leurs isotopes, et que le but du jeu est justement de les apprivoiser, de les dominer, et non d'en être esclave, par ignorance, ou par narcissisme.

Dans la Bible, il est continuellement rappelé que le destin de l'homme est d'être une créature transitoire, disait Cohen-Solal. C'est Cohen-Solal qui m'a branché sur Ibn Arabi et sur Rumi, sur les kabbalistes juifs et les Patristiques. Je n'ai pas eu le temps d'approfondir mes lectures, mais je sais désormais une chose : nous sommes entrés dans la phase finale du cycle biblique, l'Armageddon a déjà commencé, et vu le temps qu'il nous reste, Karen et moi, on a décidé de vivre ça sur le bord d'une plage subtropicale, avec éventuellement la télé pour ne pas en perdre une miette. Et le saxophone d'Albert Ayler, le jazzman de la station Mir en déroute, ce saxophone qui représentait tout ce qu'il avait été, tout ce que nous étions désormais, et qui avait voyagé avec nous au-delà de l'infini, que personne ne s'avise de venir nous marcher sur les pieds.

Table

DU MÊME AUTEUR

Aux Éditions Albin Michel

COSMOS INCORPORATED, roman, 2005.
GRANDE JONCTION, roman, 2006.
LE THÉÂTRE DES OPÉRATIONS : AMERICAN BLACK BOX (vol. 3), 2007.
ARTEFACT, roman, 2007.

Aux Éditions Gallimard

LA SIRÈNE ROUGE, roman, 1993.
LES RACINES DU MAL, roman, 1995.
BABYLON BABIES, roman, 1999.
LE THÉÂTRE DES OPÉRATIONS : JOURNAL MÉTAPHYSIQUE ET POLÉMIQUE (vol. 1), 2000.
LE THÉÂTRE DES OPÉRATIONS : LE LABORATOIRE DE CATASTROPHE GÉNÉRALE (vol. 2), 2001.
VILLA VORTEX, roman, 2003.

Aux Éditions Flammarion

PÉRIPHÉRIQUES, essai et nouvelles réunis par Richard Comballot, 2003.
DIEU PORTE-T-IL DES LUNETTES NOIRES ? et autres nouvelles, Librio, 2003.

Composition IGS-CP
Impression CPI Bussière en décembre 2008
à Saint-Amand-Montrond (Cher)
Editions Albin Michel
22, rue Huyghens, 75014 Paris
www.albin-michel.fr

ISBN broché : 978-2-226-18875-5
ISBN luxe : 978-2-226-18430-6
N° d'édition : 25985. – N° d'impression : 083556/4.
Dépôt légal : janvier 2009.
Imprimé en France.